はじまりは、図書室

虹月一兎

JN210394

STARTS
スターツ出版株式会社

図書室の扉を開ければ、乾いた紙の匂いと木製の本棚。
大きな窓からはやわらかな日が射し込んで、図書室を静かに包む。
それぞれに小さな秘密を抱き、読まれるのを待っている本たち。

穏やかな図書室では恋なんて始まらないと、誰もが思っているかもしれない。
だけど、この図書室ではなぜか不思議な奇跡が起こる。

辛いとき、後悔しているとき、頑張っているとき。
あなたを見守ってくれるひと
あなたを応援してくれるひと
そっと一緒にいてくれるひと
そんな大切な誰かと、きっと出会える。

――そこは、あなたと誰かの心を繋ぐ、魔法の場所。

目次

はじまりは、図書室

第一話　五月の花火

昼休みの驚き

「沖島《おきしま》」

ゴールデンウィークが明けた週の昼休み、借りた本を返すために図書室に向かっていた。

少し離れたところから呼び止める声に振り向くと、バスケ部の永岡《ながおか》くんが、廊下を急ぎ足でやってくるのが見えた。

すらりと背が高くて笑顔の爽やかな永岡くんは、女子に人気のある男の子。今だって、みんなと同じワイシャツに赤いネクタイと紺のズボンなのに、行き交う生徒の間でひときわ目立つ。そんなひとに昼休みの廊下で呼び止められるなんて。

心臓がドキンと鳴って、恥ずかしさと誇らしさが交錯する。去年は同じクラスだったけど、二年生になって離れてしまった今では、わざわざ呼び止められるほどの繋がりなんてないはず。

いったいどんな用事で――？

図書室へはいつもひとりで行っている。もしかして、そのタイミングを狙って声をかけてくれたのだろうか。

期待と不安でどんな顔をしたらいいのか分からないままのわたしに、まっすぐな視線と微笑みを向ける彼。

「悪いな、忙しそうなのに」

「ううん。どうしたの？」

落ち着かない胸の内を隠して、精いっぱいなんでもない表情をつくる。

でも、ちょっと気取りすぎかも。

本を抱えたポーズ、わざとらしくないかな？

「あのさあ、裕司《ゆうじ》のことなんだけど」

裕司……。

ストーンと気分が落下する。そんなところにあったんだ、わたしと永岡くんの繋がり。

「沖島って、裕司と家が近いんだったよな？」

そうだよね。永岡くんが、わたしなんかに特別な用事があるわけない。裕司と同じバスケ部の永岡くんと、裕司の近所に住んでいるわたし。それだけ。

「うん……。そうだけど」

がっかりした顔なんかしてないよね？　ほんの少しでも自分に興味をもってくれたんじゃないかと期待したなんて、気づかれたらみっともない。

わたしの家と裕司の家は、住宅街のあまり広くない道路を挟んで斜めに向かい合っている。

高校に入って裕司と同じクラスだと分かったとき、わたしはそのことを隠しておきたかった。男の子と近所だということが、なんだかからかわれそうで恥ずかしかったし、関係を詮索されるのも嫌だった。しかも裕司はちょっと子どもっぽいところがあって……。本人には悪いけど、家が近いことをみんなに羨ましがられるような男の子ではなかったから。

けれどそれは、入学してすぐに知れ渡ってしまった。遅かれ早かればれてしまうことだったろうし、仕方がないのだけど。

「最近あいつ、なにか変わったことない？」

わたしの頭の中の苦い思いには気付いていないようで、永岡くんは気がかりな様子でたずねてくる。

裕司に変わったこと？

「変わったって、どんな？」

「うーん、よく分からないけど、忙しいのかな、と思って」

「忙しい？」

裕司が？

「うん。ここのところ、部活も休みがちなんだよ」

「そうなの？　気付かなかったけど……。近所って言っても、めったに顔を合わせないし」

「あれ、そうなのか？」

「うん。学校の行き帰りも会わないよ。休みの日だって、ずっと部活だと思ってた」

そう。自転車で約二十分の登下校で、今までに裕司と会ったのはほんの数えるほど。帰宅部のわたしとバスケ部所属の裕司では生活パターンが全然違うし、付き合っている友人のグループも違う。高校に入ってから、わたしと裕司にはただのクラスメイトとしての接点しかないのだ。

「いや、それがさ、裕司、この前の試合に来なかったんだよ」

「え？　試合に？」

「まあ、まだ三年生がいるから俺たち二年は出番がないのは当然なんだけど……。でもあいつ、今まで試合に来なかったことなんてなかったのに」

それは前にも聞いたことがある。大きな声で、先輩の技はすごいんだ、試合を見ているだけでも楽しいって、教室でよく話していた。

「連休中も、練習に来たのは一日だけで。いつも裕司と遊んでいる連中も誘っても最近は断られるって言うし、もしかしたら、バイトでも始めたのかと思って……」

　永岡くんが不安そうに頭を掻いた。でも、わたしも思い当たることはない。

「本人に訊いてみた？　そのほうが早いと思うけど」

「訊いたけど、『ちょっと用事があるから』って言うだけなんだ。部員の誰も、それがどんな用事なのか知らないんだよ」

「……そう。変だね」

「だろ？」

　永岡くんが今度は小さくため息をつく。肩を落としている彼が気の毒になって、気休めでもなにか言ってあげなくちゃ、と思った。

「だけど、そんなに心配しなくてもいいんじゃない？　本人が言わないなら、そんなに深刻なことじゃないんだよ、きっと」

　そう口にした瞬間、思い出したことがあってはっとした。裕司が部活に行かなくなった理由。

　もしかしたら……。

　でもそれは、わたしが勝手に他人に言えることではない。裕司にだってプライドがあるだろうし、本当かどうかも分からないから。

「そうかなあ」

「そうだよ」

軽く請け合うわたしの言葉に、永岡くんがもうひとつため息をついた。こんなにいいひとに心配をかけるなんて、裕司はまったく困ったやつだ。

「もうすぐ三年が引退するだろ？　そのときにはレギュラーになりたいってずっと言ってたのに、今、こんなふうに休んでたらそれも無理になっちゃうからさ……」

永岡くんの整った顔にがっかりした表情が浮かぶ。それを見たら、なんだかわたしが申し訳ない気分になってしまった。

「ごめんね、役に立たなくて」

「いや、いいよ。じゃあな」

くるりと背を向けて歩いていく永岡くんに同情する。裕司のことなんかで、あんなに肩を落として。

図書室へと歩き出しながら、今の話について考えてみる。何度繰り返して考えてみても、わたしの思考の行き着く先はさっき浮かんできた結論と同じ。

裕司のやつ、飽きちゃったんだ——。

そう。〝飽きた〟。それ以外、考えられない。あいつは昔から飽きっぽかったから。

昔から……。

そうなのだ。裕司は近所に住んでいるだけではなく、幼馴染みだ。

もともとはふたりの両親が同じマンションの隣同士に住んでいた。そこで同じ時期に妊娠した母親たちが仲よくなって、わたしたちが生まれてからも助け合いながら子育てをしてきた。

つまり、わたしと裕司はお母さんのお腹の中にいるときから一緒ってこと。赤ん坊の頃の写真の半分以上は裕司と一緒に写っている。

裕司の両親は共働きだったから、彼は保育園に預けられていた。おじさんもおばさんも帰りが遅くなる日はわたしの母親が迎えに行って、夜までうちで一緒に過ごしていたと聞いている。でも、小さかったしその頃のことはあまり記憶にない。

四歳のときに裕司の弟の昌幸《まさゆき》くんが生まれ、もともと近くに住んでいたお父さん方の祖父母と同居することになって、裕司の家族は引っ越した。それでもほんの十分足らずの距離だったので、昌幸くんを含めたわたしたち三人は相変わらずお互いの家を行ったり来たりして一緒に遊んでいた。そして、わたしが小学校に入るとき、我が家はその斜め向かいに家を買って引っ越した。

今でも裕司のお母さんとうちの母親は仲がいい。わたしと裕司はほとんど話すことがなくなったけれど。

裕司は小さい頃から、ひとつのことを長く続けることが苦手だった。おばさんが「本当に飽きっぽいんだから」と困っていた顔が、今でもはっきりと目に浮かぶ。

小学校の高学年になった頃はそこまで酷くはなかったけれど、昼休みや放課後に夢中になる遊びはころころ変わったし、なにかを集め始めてもすぐにやめてしまっていた。

　そんな裕司が中学で選んだ部活は陸上部だった。そこで三年間、高跳びをやっていた。飽きっぽい裕司が陸上部を続けられたのは、部員の数が少なくひとりで何種目かにエントリーできたからだ。適度にいろいろな種目にチャレンジできた陸上部は、裕司にはピッタリだったと思う。

　だから、高校に入って、裕司がバスケ部に入部したと聞いたときには驚いた。バスケ部にはバスケットボールしかないのにって。

　その一方で、やっぱりね、とも思った。陸上は飽きちゃったんだなって。

　でも、わたしの驚きとは裏腹に、去年一年間、裕司はサボらずにやってきたようだった。バスケ部は経験者が多くて裕司は出遅れていたはずなのに、泣きごとを言っているようでもなかった。だから、少しは大人になったのかと思っていたけど……やっぱり無理だったんだ。ひとつのことしかできないバスケ部は、一年が限度だったってことだろう。

　でもだからと言って、わたしが永岡くんに「裕司は飽きちゃったんだよ」なんて言えない。高校生にもなればプライドだってあるだろうし、今のわたしは裕司の性格をあれこれ言えるほど親しくないのだから。

裕司との距離ができてしまったのは、いつからだろう。そう考えて裕司との関係をたどっていくと、思い出すことがある。あれからもう何年も経っているのに、今でも穏やかな気持ちではいられなくなる、そのできごとは——。


小学生の頃。

あのときは、自分が裕司を好きだと勘違いしていた。小さい頃から一緒にいたし、男子のなかで一番仲のいい相手だったから。言い合いをしながら一緒に帰ったり、家族ぐるみで遊びに行ったりしていて、それらはわたしにとって楽しい時間だったのだ。

でも、好きだというのはあくまでも〝勘違い〟だ。小学校六年生のバレンタインデーにはっきりと気付いた。

六年生にもなれば、みんなには内緒で好きなひとにチョコを渡したいと思うのは当然のこと。だから、わたしはその朝、裕司が家を出てきたところを待ち構えるようにしてチョコを渡したのだ。

恥ずかしさを隠して、なんでもないふりをしながらチョコを差し出したわたしに、裕司はちょっと照れたような顔をした。それがとても嬉しかった。

なのに！

学校に着いて教室に入った途端、あろうことか、あいつはわたしのチョコを見せび

らくらする。

あのときは言葉で言い表すことができないほどショックだった。今思い出してもく

と、椅子に乗ってチョコを振り回しながら。

「智沙都《ちさと》にチョコもらっちゃった〜」

らかしたのだ！

冷やかしの口笛や女子の視線もキツかったけど、一番大きかったのは、裕司に対する失望。

——ガキだ。子どものまんま。

そう思ったら、一気に冷めてしまった。

そして、その場で分かった。

こんなにすぐに気持ちが冷めてしまうってことは、本当に裕司のことを好きだったわけじゃないんだって。親しみやすさを恋だと勘違いしていただけだって。

友人たちに冷やかされても、「まあ、幼馴染みだからね」と不機嫌に答えていたら、午後にはみんな、義理で仕方なく渡したと思ってくれたらしい。それ以来、誰もわたしと裕司のことを特別な関係だと考えるひとはいなくなった。

「ふぅ……」

当時を思い出していたら、自然とため息が出てしまった。あれから今までのことを考えると、未来って分からないものだなあ、と思う。あんなことがあったけれど、今ほど疎遠になるとは思っていなかった。

階段を二階まで降りて、わたしの教室がある南棟から隣の西棟へと続く廊下を進むとその先に図書室がある。

廊下に沿って長い図書室には入り口が三つ。手前の一つは本棚に囲まれた場所で、緊急時にしか使わないことになっている。あとは真ん中とカウンター前。

返す本があるのでカウンター前から入って、いつもの習慣で図書室内を見回してみる。

相変わらずひとの少ない図書室だ。机にも、本棚の前にも、ポツポツと生徒がいるだけ。

でも、新学期になって来たときは、室内のレイアウトが大きく変わっていてびっくりした。新しく来た男性の司書の雪見《ゆきみ》さん――今も本棚の間をもっさりと歩きまわっている――が、生徒が来やすい図書室にと模様替えをしたらしい。……〝もっさり〟は失礼かな。まだ若いみたいだし。

雪見さんはとても背が高い。そして、ちょっとふっくらしている。そのせいでますます大きい感じがする。でも、表情と話し方が優しいひとなので、パンダとかラッコのような癒し系のキャラクターの雰囲気があった。

雪見さんが来る前の図書室は、本棚と机とカウンターがただ並んで配置されているだけで、どこかよそよそしさがあった。それが今は、机が勉強席と自由席に分けて設置され、狭かった通路が広くなり、自由席の近くには雑誌コーナーも追加されていて、堅苦しかった図書室の雰囲気は、気軽な利用しやすいものに変わった。

――そしてまた今日も、新しいコーナーができているようだ。

本を返してから行ってみると、【本でスポーツ！】という小さな看板と何冊かの本が並んでいた。スポーツをテーマにして本を選んであるらしい。

スポーツは苦手だけれど、本で読むのは好きだ。あとでじっくり見ることに決めて、今はとりあえず窓の方へ。

図書室に来たら必ず窓から外を見る。これはわたしの習慣だ。

正直言って、この図書室からはなにも面白いものは見えない。なにしろここは中庭に面してはいるものの、その中庭は東西南北、四つの校舎に隙間なく囲まれているから。つまり、この窓から見えるのは左右と正面の校舎とそれらに切り取られた四角い空、そして中央に大きな木が植わっている中庭だけ。その中庭さえ、窓のすぐ下にある生徒用玄関の庇《ひさし》で手前側が隠れている。

でも、わたしはこの景色が好きだ。殺風景でも、変化がなくても。

窓から右手に見える校舎――南棟は唯一この四角からはみ出す長さで、わたしたちの教室がある。五階が一年生、四階が二年生、三階が三年生、各学年八クラスがずらりと並ぶ。ここでわたしたちは学校生活の大半を送る。学年が上がるごとに玄関から近くなるシステムは生徒の間では評判がいい。

向かいの東棟と左の北棟は四階建てで、おもに教科別の教室がある。東棟には音楽室などの芸術科目と家庭科系、北棟には生物室など理科系の部屋がある。

二階にあるこの図書室から外を見ると、まるで大きな穴の中にいるような気がする。そしてなぜだかほっと心が落ち着くのだ。

いつもと変わらない景色に満足し、次は小説の本棚へ。勉強用の机の間を抜けながら何気なく、ずらりと縦に並んでいる本棚の方に目をやると――。

見慣れない光景に驚いて、思わず足が止まった。

本棚の間で、裕司が本を読んでいる。

――おかしいな。コンタクトの調子が悪いのかしら……。

瞬きをして何秒か目を閉じ、もう一度、目を開ける。

中央より少し窓寄りの本棚の間、立ち止まったまま真剣な表情で本を読んでいる男子生徒。

間違いない。やっぱり裕司だ。

自分の目で見ているのに、簡単には信じられない。中学時代、図書室を利用したことがないと自慢げに話していた裕司。去年だって、ここで見かけたことなどなかった。その彼を先月の第一回の図書委員会で見たことさえ驚きだったのに、そのうえ本を読んでいるなんて！

しかも立ったまま。まるで借りていく時間さえ惜しんでいるみたいに！　なにを読んでいるんだろう？　あんなに真剣な顔で。……まあ、裕司が読むものなんて、字よりも絵が多い本に決まってるけど。

そう。あの裕司がそう簡単に変わるはずがない。でも、気になる……。だって。

あの裕司が、仲間と一緒にじゃなくひとりで本を読んでるなんて！

自分でも挙動不審だとは思うけど、少し離れた本棚の間を通って、奥側から裕司に近付いてみる。

棚の向こうに裕司の姿が見えたところで、その肩が予想していたよりも高い位置にあることに気付いた。

いつの間にかずいぶんと背が伸びたんだな。そんなことを考えながら裕二のいる通路をこっそり覗き込んだけど、こちら側からでは読んでいる本のタイトルまでは見えなかった。

わたしったら、なにをやっているんだろう？　裕司のことなんか、放っておけばいいんだよね。

自分のやっていることが馬鹿みたいに思えて、見つかる前に戻ろうと思った瞬間、遠くから大きな声が――。

「裕司！　お前、そんなところで本なんか読んでないで、ちゃんと仕事しろよ！」

はっとした様子で顔を上げた裕司が慌てて左右を見回す。そして隠れる暇のなかったわたしと目が合うと、一瞬驚いた表情を見せながら、

「悪い、これ戻しといて」

読んでいた本を押し付け、カウンターの方へ走っていってしまった。

なによ。当たり前みたいに……。

びっくりしてなにも言い返せなかった。なんだかとても悔しい。

こんなことをするなんて、裕司にはちっとも図書委員の自覚がない。本を棚に戻すくらい、すぐにできることなのに。

どうやら裕司は図書委員の当番で来たのに、途中でここに突っ立って本を読んでいたらしい。仕事を忘れてほかのことに夢中になってるところも、相変わらず子どもっぽい。

ため息をつきながら落とした視線の先に、裕司に押し付けられた本のタイトルが見

えた。

【おばあちゃんが、ぼけた。】……？

なんだかふざけたタイトル。表紙はなんとなくとぼけたお年寄りのイラストで、いかにもあいつが選びそう。

もう。なんでわたしが……。

棚に本を戻しながら、不愉快な気分になってしまう。

裕司とは高校に入ってからほとんど話していない。なのに今、たまたま目に入ったからといって、他人に後始末を押し付けていなくなってしまうなんて。

自分が借りる本を探して本棚の間を歩きながら、なんとなくむしゃくしゃする。

裕司はずっとお子様のままだ。調子がよくて、考えなしで。

小学生の頃と、全然変わっていない。たとえ見た目はおとなびてきていても。

裕司の子どもっぽさが分かるバレンタインデーのできごとがもう一つある。

中学二年のバレンタインデーに、裕司は陸上部の後輩からチョコをもらったことを部活仲間に話してしまったのだ。

クラスの女子たちの間では、明るい性格の裕司は〝いいヤツだけど気持ちが幼い〟という認識だった。だから、仲間としての付き合いはあっても、恋愛対象とは見られていなかった。でも、陸上部の後輩には楽しくて素敵な先輩に見えたらしい。

そんな後輩の気持ちを考えず、あいつはもらったチョコのことを部内で話し、それが広まってしまった。その結果、その子は一年男子にからかわれて泣いてしまったと、陸上部の友人から聞いた。

さすがに裕司も謝ったそうだけど、わたしは自分のことを思い出して、その一年生のことを本当に気の毒に思った。

でもそんなことがあっても、中学の頃はまだわたしと裕司の間にそれなりの付き合いはあった。裕司があれこれとくだらないことを話しかけてきたり、宿題の手助けを頼んできたりして。

わたしはそれを叱ったり、文句を言ったり、たまには冗談を言い合って笑ったりした。家も近いし、中学時代はわたしも部活に入っていたから、帰りに一緒になることも多かった。

さっきみたいに「やっといて」ってなにかを頼まれるのは久しぶりだ。高校に入ってからは、同じクラスではあったけど、ほとんど話していないから。……まあ、あいつと仲がいいと思われなくてよかったけど。

入学式の日、クラス分けの紙を見て、同じ三組に裕司の名前があって少し気が重くなった。また一年間、あいつの面倒をみなくちゃいけないのかって。お母さんたちはお互いに情報交換ができるって嬉しそうだったけど。

でも教室に行ってみると、裕司はもうなんとなく雰囲気の似た男子数名と楽しそうに話していて、わたしのことはちらりと見ただけだった。

わたしは春休み中にメガネをコンタクトに変えていたけど、それで見分けられなかったということはないだろう。確かに気付いたはずなのに、何事もなかったように話を続けて、それっきりこちらには目を向けなかった。だからわたしも話しかけなかった。

五十音順の席ではわたしと裕司は離れていることもあり、お互いにひとことも交わさないままその日は終わった。

翌日になると、裕司は初日の男子にふたりの女子を加えて、にぎやかなグループをつくっていた。わたしは隣の席の、大人っぽい雰囲気のある美羽《みう》ちゃんと仲よくなった。

裕司は永岡くんに誘われてバスケ部に入り、バイトをするつもりだったわたしは帰宅部に決めた。朝は余裕を持って登校するわたしと、自転車を飛ばしてギリギリにやってくる裕司では、家を出る時間も違っていた。

裕司はグループの仲間と、部活以外はたいてい一緒に過ごしているようだった。

おしゃれな女の子たちの影響なのか裕司も見る間に垢抜けて、見た目からは〝子どもっぽさ〃はなくなってしまった。

わたしたちの家が近いことが広まっても、中学校の頃とは違って誰もわたしたちの関係を詮索しなかった。にぎやかなグループに属する裕司と目立たないわたしでは、雰囲気が違いすぎると思われたのだろう。裕司もわたしに話しかけてこなくなってい たし、わたしは裕司たちのグループのメンバーが苦手だったから近付かなかった。もちろん、授業や行事で同じグループになったりしたときは、最低限のやりとりはしたけれど。

わたしは美羽ちゃんやほかの女子と一緒にいて、裕司とはそのまま春のクラス替えで〝さようなら〃。先月の図書委員会まで、裕司とは二度と話す機会はないのではないかとすら思っていた。と言っても、その日だってそのあとだって、すれ違いざまに「お疲れさま」と言った程度だけど。

借りるために選んだ本をカウンターに持っていこうと思ったところで足が止まる。

貸出手続きをしているのは誰?

裕司……ではない。裕司は後ろで日誌を書いているようだ。

よかった、と思った瞬間、なぜ自分が弱気にならなくちゃいけないのかと思った。わたしに本の片付けを押し付けたのは裕司で、わたしはお礼を言われる立場なのに。

それでもやっぱり顔を合わせにくい気がして、こそこそした気分で貸出の手続きをし、そそくさと廊下に出る。

そういえば……。

歩き出しながら、かなり前に聞いた母親の言葉を思い出した。

『裕くんのおじいちゃん、認知症が進んできたみたいよ。緑《みどり》さんが仕事を辞めることになったんですって』

緑さんというのは、裕司のお母さんのこと。うちの母親と裕司のおばさんは、「緑さん」「志保《しほ》さん」と呼び合っている。

あの話を聞いたのはいつだっけ？　中学の頃だったから、二年……いや、三年前かな。

裕司のおじいちゃんが認知症だというのはその前から聞いていたけど、ときどき家の前に出ていたおじいちゃんは、昔と変わったようには見えなかった。だから、おばさんが介護のために仕事を辞めると聞いて、そんなに悪いのかと驚いたのを覚えている。

あれから三年か……。

最近、おじいちゃんの姿はめったに見かけない。もしかして、裕司がさっき読んでいた本は、おじいちゃんのことと関係があるの……？

――あ。

新しいコーナーを見てくるのを忘れた。裕司のことを考えていたから……。

いいや。あさっての昼休みに図書委員の当番で行くんだもんね。

二年生になってから、図書室に行くのが前よりも楽しくなった。自由席ができたことも、玄関に貼ってある【待ち合わせには図書室をどうぞ！】と書いてあるポスターも新鮮で。雪見さんが次はなにをしてくれるのか楽しみだし。

利用するひとが増えるかな？

去年の図書委員会の当番は、利用者が少なくて退屈だった。忙しすぎるのは困るけど、今年は来る人が少しでも増えるといいな……。

週末の後悔

もしかして、利用者が増えてる……？

図書委員の当番中。昼休みのカウンターで作業をしながら、ふと気付いた。なんとなく、カウンターに来るひとが途切れない気がする。列をつくるほどじゃないけど、ひとり終わったな、と思うとまたひとり来て、気付いたらずっと動いていた。前は、ぼんやりと室内を見回している時間が多かったのに。

……って思っても、もう終わりか。

残っている生徒は、自由席で雑誌を読んでいるのが三人、新しい特集コーナーにひとり、奥の本棚の間に……三人？

いや、もうひとりいるみたい。木の丸椅子に座っているらしい足が見える。一昨日《おととい》はなかった丸椅子が、今日来てみたら本棚の間に何脚か置いてあった。どうやらこれも雪見さんのアイデアらしい。

邪魔じゃないかと思ったけれど、もともと利用者が少ないからか、苦情を言うひともいないみたい。もしかして、一昨日裕司が立って本を読んでいたことで思い付いたなんてこと、あるのかな？

「智沙都。返却本を戻すのはお願いしてもいい？　わたし、手が……」

「うん、もちろんいいよ。じゃあ、日報をお願いね」

美羽ちゃんと一緒に図書委員をやるのは二年目。彼女は昨日の部活で手首を捻挫してしまったので、しばらく力仕事は無理だ。

戻す本をワゴンに並べ、ゴロゴロと押しながらカウンターを出る。たいした量ではないから、すぐに終わるはず。

模様替えで通路が広くなったのはよかった。ワゴンを机にぶつける心配をせずに押していけるようになったから。

ワゴンの滑らかな動きが気持ちよくて、楽しい気分で本棚に向かい、ぐるりと左側にまわり込む。そういえば、このあたりの通路の奥で椅子に座っていたひとがいたけど、ワゴンは通れるかな……？

スピードを落として通路を覗き込むと、そこにいたのは……裕司!?

こんなに頻繁にここで裕司を見るなんて……。

本を読んでいる姿を見るのは二度目だけど、やっぱり驚いてしまう。見回すと、一昨日と同じ場所。ということは、同じ本？

気配を感じたのか、裕司が顔を上げた。

「あ、通るのか？」

普通の顔で言われて、思わず言葉に詰まってしまった。裕司は自分らしくないことをしてるっていう自覚がないのかな。

「うん。あ、いや、まだ……」

答えながら、どうしてわたしが慌てているんだろう、と思った。わたしはなにも後ろめたいことなんかしていないのに。

慌てるべきなのは、らしくない行動をしている裕司のほうだ。

本のことだけじゃない。

理由を言わずに部活を休むなんていうおかしな行動で、裕司は永岡くんに心配をかけている。バスケ部に誘ってくれた永岡くんに心配をかけるなんて、よくないと思う。

そうだよ。裕司が悪い。

永岡くんのためにもここはひとこと言わなくちゃ、と思った。ワゴンを引っ張って裕司の前まで進む。

「ねえ裕司。部活、出てないんだって？」

そんなつもりはなかったのに、いきなり責めるような口調になってしまった。失敗したなと思ったけれど、もう言葉は出てしまったのだから後戻りはできない。

裕司に嫌な顔をされてちょっと反省しつつも、悪いのは裕司なんだから、と自分に言い聞かせて続ける。

「永岡くん、心配してたよ。今までこんなことなかったのにって」

そう。わたしが心配しているわけじゃない。永岡くんが心配しているから。だから――。

「永岡？　あいつから聞いたのか？」

睨むような視線。怒ってるの？　それとも本当かどうか疑ってる？

そんな顔されたって、負けたりしないんだから。

「そうだよ。裕司、なにか始めたの？　バイトとか？」

さすがに、いきなり「飽きちゃったんでしょう」とは言えない。

「……バイトじゃないよ」

うつむき加減に視線を逸らす裕司。やっぱり後ろめたいのだ。説明できるような理由など存在しないから。

そう思ったら、自分が正しいことをしているのだと勢いがついてしまった。

「じゃあ、なに？　部活よりも大事な用事って、どんなこと？　言ってみてよ」

そう言った途端、後悔した。裕司が、唇をきゅっと結んで悲しそうな顔をしたから。

こんな言い方、しなくてもよかった。なにもこんなふうに畳みかけるように言わなくても……。

「智沙都には関係ないよ」

目を逸らしたまま言われた。

――ごめん、言いすぎた。

って、言おうと思ったのに。

たったひとことが出てこない。もう一年以上、ちゃんと話していないから……。

裕司がなにをどう感じるか分からない気がして。

もうわたしのことを友達だとも思っていないのかもしれないと思うと。

「あの……、バスケ部のひとたち、心配してるみたいだよ」

言いながら思う。こんなの言い訳だ、って。わたしがあんなことを言ったのはバスケ部のひとたちのためで、別にわたしが裕司を責めている訳じゃないんだ、って……。

「理由がちゃんとあるなら、話せばみんなきっと――」

「嫌だ」

強い口調で言葉を遮り、裕司は体ごと向こうを向いてしまった。その頑なな態度に、今度は自分のお節介を後悔した。

――裕司が嫌がるのは当然だ。

わたしと裕司は近所に住んでいるだけ。昔みたいな友達じゃないんだから。

「……そっか。仕方ないね」

なるべく軽く聞こえるように、表情も明るくして肩をすくめてみせる。でも、胸が詰まって、唇が震えてる。

「じゃあね。仕事があるから」

早く離れよう。こんなにみっともないわたしを見られたくない。昔馴染みの気分で、偉《えら》そうにお説教しようとしたわたしを。もう、裕司とは関係ないのに。

ワゴンを押して、窓の方から順番に本を片付けていく。

裕司と交わした言葉が、裕司の顔が、何度も頭の中に浮かんできて、そのたびに苦しくなって深呼吸をする。余計なことを言ったわたしのほうが悪かったのに、自分が傷つけられたように感じるのはなぜなんだろう？

片付けながら移動して戻ると、さっきの場所にもう裕司はいなかった。

顔を合わせずに済んでほっとしたけど、それはそのときだけだった。

午後の授業の間も、スーパーのバイトでレジを打っているときも、お風呂に入っているときも、昼休みのことばかり浮かんでくる。裕司の表情や交わした言葉だけじゃなく、図書室の景色も、自分の胸の痛みも、あのときのことが全部。

そして——後悔の気持ちでいっぱいになる。

言わなければよかった。

放っておけばよかった。

もう、昔みたいな関係じゃなかったのに。

いや、そうじゃない。わたしの態度が悪かっただけだ。

あのとき裕司は、「通るのか？」といつもと変わらない調子で声をかけてくれた。なのにわたしが勝手に慌てて、裕司のことを悪者扱いするみたいな言い方をしてしまったんだ……。

——やっぱり、謝ろう。

夜、ベッドに入って、ようやく決心する。謝ったからって、わたしたちの関係が変わるわけじゃない。謝っても、謝らなくても、わたしと裕司が昔のように気軽に会話できる関係には戻らない。今はもう、ふたりともそれぞれ違う居場所を持っているから。

だけど、余計なお節介をして、裕司に不愉快な思いをさせたのは間違いない。

だから、謝らなくちゃ。

そうやって、やっと決心したのに、土日には実行に移せなかった。

斜め向かいの裕司の家まではたぶん十メートルくらい。行くのも、家の前で呼び止めるのも簡単なこと。

なのに、できなかった。

家の呼び鈴を押して呼び出す考えはすぐに却下した。それだけは、絶対にできないと思った。

バイトに行く以外の時間は、道路に面している自分の部屋の窓から裕司の家を見張っていた。そんなところで見張っていても、呼び止めるほど大きな声を出せるとは思えなかったし、間に合うように外に出られるわけでもないのに。

隣のおばさんが門のあたりを掃いているのを見て『その手があったか！』と外を掃いてみたけれど、お母さんにものすごく驚かれただけで、裕司は出てこなかった。

電話番号は知っているけれど、スマホを操作しようとすると指が止まってしまう。

わたしなんかに連絡をもらっても、迷惑なだけだよね……。

それはたぶん間違いないと思うけど、その一方で、自分に対する言い訳だという気もする。本当は、謝る決心がつかないだけなのかも。

なにかの偶然を期待しつつ過ごした土日は、何も起こらないままあっという間に過ぎてしまった。

連日の待ち伏せ

月曜日の朝、家から出てきた裕司をつかまえられないかと望みをかけてみる。そうは言っても、あからさまに裕司を待つ勇気はない。家族に見られたらと思うと、どうしても思い切れない。

時間稼ぎのために忘れ物を部屋に取りに行くふりをしたり、自転車の鍵が開かないふりをしたりしてみた。けれど、裕司はいつまでたっても出てこない。

さすがに自分が遅刻しては困るので、諦めて出発することにした。

もしかしたら朝練かも、と思いながら裕司の家の車庫を覗いたら、まだ自転車があった。いったいどれくらいのスピードで自転車を走らせているのだろうと、ちょっと呆れた。

学校にいる間も、裕司に謝らなくちゃ、という思いが頭から離れない。けれど、ふたつ先の裕司のクラスまで行って、呼び出してもらう勇気は出ない。友達に金曜日のやりとりや裕司との関係を話して、協力してもらう決心もつかない。でも、雑談して笑っている間も、裕司のことばかりが気になる。

わたしって、意気地なしだ……。

みんなと話して笑いながら、心の中にはダメな自分への苦い思いばかりが溜まっていく。

四時間目の途中、先週の裕司を思い出した。

——そうだ。図書室なら。

裕司はひとりで本を読んでいた。最初は仕事の途中で。その次は、ひとりで来てた。もしかしたら、裕司はあの本を読みに、今日も図書室に来るかもしれない。本に興味がないわたしの友達は、わたしが図書室に行くと言っても誰も一緒に行くとは言わないから、裕司に謝る絶好のチャンスだ。

うん、それだ。それしかない。

お弁当を食べ終わって早々に、図書室へと急いだ。

図書委員とほぼ同時に着いたので、室内には司書の雪見さんだけ。

「こんにちは」

穏やかな微笑みとともにかけられた声に、高ぶっていた気持ちが少し落ち着いた。

でも、今日は窓から外を見る余裕はない。

裕司が読んでいた本があるか確かめてみようと、先週の棚に行ってみる。もしも裕司が本を借りているなら、ここで待っていても仕方ないから。

本棚の間に入ると、今は誰も座っていない丸椅子がなんとなく淋しそうに見えた。

ええと、なんだっけ……。

確か、タイトルに『ぼけた』という言葉が入っていた。そんなに厚くなくて……。

――あ、これだ。

手に取ろうとしてやめた。わたしが持っていても意味がない。あとは待つ場所だけど……。

周囲をきょろきょろと見回してみる。

先週のことがあるから、裕司はわたしの姿を見たら警戒して図書室に入らないで戻ってしまうかもしれない。だとすると、わたしは見えない場所にいなくちゃいけない。

どこがいいだろう？　並んだ本棚の陰？　一番窓側の本棚の後ろ？

ダメだ。こんなところから入り口の方を覗き込んでいるなんて怪しすぎる。でも、すぐに来るかもしれない。今、ここで悩んでいる間にも。

そう思って急いで本棚の奥へと抜けて、身を隠すように廊下側まで移動する。念のために一度カウンター側に出てきて見回して、それから奥に戻って、また入り口を見張る。

来るかな……？

狭い範囲を行ったり来たりしながら待った昼休み、何度か雪見さんと目が合いそうになっては本を探しているふりをした。でも、裕司はやってこなかった。

放課後、再チャレンジ。

部活に出ないなら、ここに来るかもしれない。昼休みはわたしに邪魔をされると思って、放課後に。

けれど、貸出時間が終了して図書委員が帰るまで、やっぱり裕司は来なかった。


翌日も、朝、昼休み、放課後と、同じように待ってみた。月曜、火曜と図書室に通っているわたしを、美羽ちゃんが「本当に本が好きなんだね！」と笑った。

そして火曜日の放課後。貸出時間の終了を目前に、わたしは本棚の陰でため息をつきながら、裕司を待つことを諦めた。

たぶん裕司は来ない。これ以上、ここに通っても無駄だ。裕司はあの本を読み終わってしまったんだ。

金曜日に言葉を交わした棚の前に行ってみる。丸椅子がぽつんと置いてあるだけ。

「えーっ!?　やだ、ホント!?」

「しーっ。声が大きいよ」

女子の声に複数の軽い笑い声が続く。

自由席で雑誌を読みながら笑い合う女の子たち。明るい楽しそうな声を聞いていると、ここでこそこそしている自分が情けなくなってしまう。

手を伸ばして、裕司が読んでいた本を取り出してみた。お年寄りのイラストが楽しげな表紙。

読んでみようかな……。

あの裕司が、手に取って夢中になっていた本。

そのあとも通ってまで読んでいた本。

これを読んだら、少しは裕司の考えていたことが分かるかも。一年以上、きちんと話していない裕司の考えていたことが……。

裕司に対する罪滅ぼしの気持ちもあって、借りることに決めた。


その本をようやく読み始められたのは、バイトから帰って夕食とお風呂を済ませてから。宿題が気になったけれど、裕司の気持ちが分かるかもしれないと思うと、それ以上後回しにはできなかった。

読み始めてみると、それは介護の現場で働く著者が、日々のできごとと介護という仕事への思いをつづったものだと分かった。軽快な文章と、認知症のお年寄りの言動が笑いを誘う。

けれど、読み進めるうちに気付いた。これはただ楽しいだけの本なんかじゃないってことに。

本気で認知症患者に寄り添っているひとの本だ……。

止まらなくなって、結局最後まで読んでしまった。読み終えて宿題をしながら、そしてベッドに入ってからも、裕司がなぜ図書室に通ってまでこの本を読んでいたのか考えをめぐらせる。

最初に見た日に裕司のおじいちゃんのことをちらりと思い出したけれど、それほど気にはしていなかった。金曜日に話したあとは、自分のことしか考えられなかった。

裕司がこの本を読んでいたのは、きっと、おじいちゃんのことがあるからだ。もしかして部活を休んでいることにも関係あるのかも。

おじいちゃん、そんなに具合が悪いのかな……？

昔のおじいちゃんの記憶を探してみる。わたしが裕司の家に遊びに行くと、いつもにこにこと見守ってくれていた。小学生のときにおばあちゃんが亡くなって、それからは、たまに玄関前を掃いている姿を見かけた。道で会うと、いつも声をかけてくれた。

でも、今は……？

分からない。

認知症のことは本やテレビで簡単な知識はあっても、実際に接したことがないから。さっきの本を読んでも、自分の知っているひとが変わってしまうということが想像できない。

金曜日の会話を何度も頭の中で再生しながら、裕司がどんな気持ちでいたのか考えてみる。けれどわたしは、裕司の家のことは今ではなにも知らなくて……。

いまさらだけど、淋しくなってしまった。

夜道の偶然

裕司のことを考えていたらなかなか眠れなかったので、翌朝は寝不足気味だった。お母さんがつくってくれたおかずを弁当箱に詰めながら、前の晩にベッドの中で考えていたことをもう一度思い返してみる。

裕司があの本を読んでいたのは、きっとおじいちゃんのことがあるからだ。部活を休んでいるのも、同じ理由なのかもしれない。

でも、裕司はそれを誰にも言ってないの……?

そう思ったら、裕司がひとりでなにかに耐えている姿が目に浮かんできた。

今でも謝りたいという気持ちはあるけれど、自分のことしか考えていなかったことで落ち込んで、今日はなにもする気が起きない。というよりも、裕司に合わせる顔がないような気がする。

朝は普段どおりに家を出て、昼休みと放課後は図書室を避けるようにしていた。

廊下の先に裕司が見えたときには、すれ違わないように身を隠した。

友達の前では、何事もないように振る舞った。

とくになにをしたわけでもなかったのに、家に帰り着いたときにはいつもの倍くらい疲れた気がした。バイト先に向かうときも、なんとなく体が重かった。

「お先に」

「気を付けてねー」

八時に仕事が終わり、残っているバイト仲間に手を振ってお店を出る。従業員の出入口は裏にあるけれど、そっちは暗くなると少し気味が悪いので、お店が開いている間、女の子たちはお店の出入口から帰っているのだ。

自動ドアを出たところで足を止めた。

暗くなった空を見上げてみる。晴れているようだけど、お店のガラス越しの明かりのせいか、星は見えなかった。

夕方にはたいてい誰かが座っている出入口の横のベンチも、この時間になるとひとがいることはめったにない。自動販売機の陰で腕を伸ばして深呼吸をしたら、冷えた空気が気持ちよかった。

バイトの忙しさで体は疲れた。でも、裕司のことが一時的に頭から離れていたことで、少し冷静になれたような気がする。

——お腹が空いたな。早く帰ろう。

よく考えたら、寝不足気味でもある。

裕司のことはまだ気になる。でも、今はとりあえず食事と睡眠だ。ここ何日か裕司のことをたくさん考えていたけど、なにも解決していない。いったん休養を取ればいい考えが浮かぶかも。

急ぎ足で階段を降りて、歩道を左に——。

「え……?」

前から歩いてくる人影が車のライトに浮かび上がった。その姿に、思わず足が止まってしまう。

裕司……。

ジーンズにパーカーを羽織った裕司がこっちに歩いてくる。ポケットに手を突っ込んで、うつむいて。

とぼとぼとした足取りはあまり幸せそうじゃなくて、見ているうちに、心の隅に追いやられていた罪悪感が一気に表に出てきた。

どうして、今?

なにも覚悟をしていなかったのに。今まで一度もここで会ったことなどなかったから。なにを言おうか、考えていなかったのに。

でも、今を逃したら、もうチャンスはない。真正面から向かってくる裕司から逃げたり、無視したりしたら、もう二度と……。

小さく頷いて覚悟を決めた。

裕司が近付いてくる。まるで自分の靴のつま先を見つめるように下を向いて。

わたしはそれを立ったまま待ち受ける。

あと七歩。そっとこぶしを握った。

あと五歩。息を吸って。

「裕司」

声は震えていなかった。

裕司のちょっと驚いた顔を一瞬確認してすぐに頭を下げる。

「ごめんなさい！」

心の中でも「ごめんね、裕司！　ごめんね」と何度も繰り返してからそっと顔を上げると、裕司が困った様子で立っていた。

当たり前か。広い道沿いで、いきなり謝られたりしたら……。

「あの……それだけ。じゃあね」

申し訳ない気分で視線を逸らし、一歩踏み出そうとしたとき、

「もうバイト終わり？」

と、裕司の声がした。

怒っているでもなく、辛そうでもなく、普通の……以前と同じ調子の。

その声と言葉がすうっと胸にしみ込む。

裕司は怒っていなかった。

嫌われていなかった……？

「うん……」

頷くと、裕司も頷いた。

「じゃあ、ちょっと待ってて。ノート買うだけだから」

そう言うと、わたしの返事を待たずにコンクリートの階段を駆け上がっていった。


「父ちゃんが帰ってきたから、出てこられたんだ」

戻ってきて、並んで歩き始めた裕司が言った。

裕司の「父ちゃん」という呼び方を聞いたのも久しぶりだ。裕司は小学校の頃から、自分の両親を「父ちゃん」「母ちゃん」と呼んでいた。わたしはふたりにスマートでおしゃれな印象を持っていたから、この呼び方を聞くと、いつも違和感を抱いたものだった。

「おじさんが帰ってきたって……、おじさんがいないと、裕司は家を出られないの？

……あ。もしかして、おばさん、具合が悪いの？」

「ああ、いや、そうじゃない。母ちゃんは元気にしてる。だけど……」

裕司が一瞬迷う素振りを見せた。でも、すぐに口を開いた。

「なるべく母ちゃんを、じいちゃんとふたりだけにしたくないんだ」

「おばさんを？」

裕司はなにも答えずに、視線を足元に落とした。淋しそうに。

そんな裕司を見たら、なにか伝えたい、と思った。なにか、裕司のために。

「わたしね、あの本を読んだよ」

「あの本？」

「先週、裕司が読んでいた本。介護の」

「ああ……」

裕司が少し微笑んだように見えた。

「裕司がね、どうしてあの本を読んでいたのかなって思って」

ゆっくりと歩調を合わせて夜の道を歩いていると、今までのわだかまりが闇に溶けていくような気がする。不思議な安らぎを感じる時間。

「智沙都は……どう思った？」

裕司の穏やかな口調にほっとしながら答える。

「うん、あのね、順番なんだなって」

「順番？」

「うん、そう。みんな歳をとって、そういうときが来るんだなって思った。特別なことじゃないんだって」

「ああ、そうか。そうだな。俺は……」

そこまで言って、裕司はまた悲しそうな顔をした。

「無理しなくてもいいんだって思った」

「無理？」

無理ってどういうことだろう？　介護が辛いということだろうか。確かにあの本にもいろいろな例が書いてあったけれど……。

裕司はふうっとため息をついて、前を向いたまま続けた。

「母ちゃんが、洗濯物の中に座ってたんだ……」

おばさんが、洗濯物の中に？

どういうことだろう。状況がつかめない。

首を傾げているわたしを見て裕司は小さく笑い、もう少し詳しく話してくれた。

「春休みに部活仲間と映画を見に行って、その日は五時過ぎに帰ったんだ。『ただいま』って言っても返事がないし、なんの音もしないから、誰もいないと思ったんだ」

小学生の頃に何度も行った裕司の家を思い出してみる。

玄関から奥に伸びる廊下があって、左側手前に和室の居間、その奥にダイニングキッチンがあった。右側には洗面所やお風呂場、階段があって、突き当たりにおじいちゃんの部屋があったはず。

「普段はじいちゃんがいるから、夕方に母ちゃんがいないことなんてないんだ。でも、その日はじいちゃんが施設に泊まりの日で、それで母ちゃんも息抜きしてんのかなと思って……」

「うん」

「そうしたら、いたんだ」

「……おばさんが？」

「うん。台所に行こうと思ったら居間の戸が開いてて、薄暗い部屋に洗濯物がいっぱい散らかってて……」

その光景が目に浮かんでくる。

障子のある和室。

ちゃぶ台と座布団。

部屋いっぱいにまき散らされた洗濯物。

「障子の前に母ちゃんがぼんやり座ってたんだ。目は開いてるのになんにも見えてないみたいに。俺、びっくりして、恐くなって——」

想像して、わたしも恐いと思った。

　でも、裕司はもっとショックだったはず。いつもにこにこして楽しそうなおばさんが……自分の母親が、そんな状態だったら。

「脅かさないように、そうっと声をかけたんだ。そしたら、なんでもないみたいに俺を見て『あら、おかえり』って言うんだよ」

　裕司は辛そうな顔で大きく息をついた。きっと、今でもそのときの気持ちを忘れられないに違いない。

「うちの母ちゃんがどんなひとだか知ってるだろ？　いつもとぼけてて、変なこと言って、ふざけてばっかりいるんだ。そのときも普通に笑って、『お小遣いがなくなったから、早く帰ってきたんでしょう？』とか言うんだよ。だけど、俺、やっぱり恐くて……もしも、母ちゃんの気が変になってたらどうしようって。それで、なんでもないふりをしながら電気を点けて、『どうしたんだよ、この部屋？』って訊いたんだ」

「うん」

「そしたら母ちゃん、平気な顔をして言ったんだ。『たまには散らかしたら気分が晴れるかと思って』って」

　散らかしたら気分が晴れる……。

「『さすがに食器を投げ散らかすわけにはいかないけど、洗濯物なら音もしないし、なにも壊れないもんね』って、冗談っぽく言うんだよ。そのときは、俺も冗談言いながら洗濯物たたむのを手伝って終わりにしたけど、春休みの間、それとなく母ちゃんのこと見てたんだ」

「うん」

分かるよ。わたしだって、きっとそうする。

「それで気付いたんだ。母ちゃんがじいちゃんを看るのはもう限界なのかもしれないって」

限界……？

学校とは違う静かな裕司。その目を見て分かった。おばさんのことを本気で心配して、自分にできることならなんでもしようと決意しているのだ。

「だから、裕司がおじいちゃんを看ようと思ったの？　それで部活を休んでたの？」

そうたずねると、裕司はこっちを向いて、ちょっと微笑んだ。

「はずれ。休んだのはじいちゃんのためじゃない。母ちゃんのためだ」

少し明るい表情になった裕司が言う。

「それって……違うの？」

「うん、違う。俺もじいちゃんにたくさん遊んでもらったし、いろいろしてあげたいと思うけど、その場になると何をしていいのか分かんなくて、全然役に立たないんだ。母ちゃんも父ちゃんも『大丈夫だから』って笑顔で言うし」

「そう……」

裕司の家は楽しいことが好きなおばさんを中心に、いつも笑い声が絶えない場所だった。そのおばさんが無理してるって分かっているのに自分が役に立てないって、きっと辛いだろうな……。

「だから、俺は母ちゃんに付き添うことにしたんだ。俺、けっこう母ちゃんと話すから、俺がいればストレス解消になるんじゃないかと思って」

「うん、きっとそうだね」

心から同意して頷く。小学生の頃の裕司とおばさんのやりとりは、見ているわたしも楽しくなったことを思い出して。

わたしの言葉に裕司が嬉しそうな顔をした。

「最初は、俺が学校で友達と上手くいってないのかと思って心配してたみたいなんだ。でも、最近は俺に愚痴もこぼしてくれるようになってさ」

「そう」

裕司はこんなにおばさんのことを心配していたんだ。昔とは全然違う、裕司の優しさに胸が詰まる思いがした。きっと、おばさんにはなにも理由を言ってないんだろう。

「おじいちゃん、やっぱり大変なんだね？」

「うん、まあな。……でも、家族だから。じいちゃんのこと、べつに嫌じゃないし」

そう言って、裕司は穏やかな笑顔で空を見上げた。

わたしは尊敬の気持ちでいっぱいになってその横顔を見つめた。

裕司は昔とは違う。言葉にできない気持ちを理解しようとして、誰かのために黙って行動するようになって。

今こんなふうに話してくれる顔つきだって、いつの間にかとても大人っぽくなった。

「……優しいんだね、裕司は」

ぽつりと出た言葉に、裕司がぎょっとしたように身を引いた。わたしに褒められたことが、そんなに気持ち悪かった？

「そ、そうか？」

「うん。おばさん、きっと、すごく助かってると思うよ」

「――そうかな？」

そう言って照れた顔には今度は子どもっぽさが表れて、昔の裕司に戻ったみたいで気持ちが和む。

「そうだよ。……みんなに、そう言えばいいのに。部活を休んだ理由」

「やだよ」

なのに、また嫌な顔。

「なんで？」

「だって……マザコンぽいから」

「え？」

「母ちゃんのためだなんて、言えるわけないだろ？」

当然だと言わんばかりに言い切られて面食らった。

「べつに、おばさんのためじゃなくて、おじいちゃんのことでも……」

「いいんだ、言わなくて」

「ふうん……」

そんなに恥ずかしいの？　みんな裕司のこと見直すと思うけど。こういうところは、やっぱり子どものままかな？

「でも、いつまでも部活を休んでて大丈夫なの？　裕司だって無理してるんじゃないの？」

少し心配になってたずねると、裕司は一瞬ためらう様子を見せた。そしてゆっくり頷いて、

「大丈夫。あと少しだから」

とぽつりと言った。

「あと少し？」

まさかおじいちゃんの命が——？　と思わず考えて表情を強張らせたわたしに、裕

司は淋し気に微笑んだ。

「じいちゃん、もうすぐ施設に入所するんだ。この前決まった」

施設……。

世間ではよくあることだ。でも、自分の知り合いがそういうことになったと聞くと、「よくあること」と言って済ませることができないのだと気付いた。

「かわいそう……だと思うよな？　俺もそう思ってた。だけど、あの本を読んで変わった」

「あの本……」

「もちろん、家族と離れたら淋しいだろうと思う。だけど、施設のひとは、そこで暮らしているひとが幸せに過ごせるように考えてくれてる。だから、もう家で看るのは限界だって思ったら、そこを頼ってもいいんだって。それは、じいちゃんを見捨てるってことじゃないんだって」

そう言った裕司の表情は自分に言い聞かせているようにも見える。口では「変わった」と言っていても、裕司はおじいちゃんが施設に入ることについて、まだ気持ちが整理できていないのかもしれない。でも、おばさんも限界で、裕司たち家族もできることはやり尽くして……。

――あの本。

あの本は裕司にとって必要なものだったのだ。

図書室中に並ぶ本の中でたった一冊のあの本が、裕司の葛藤に光を投げかけて道筋を示した。そう思うと、裕司がその本に出会うために図書委員になったような気がしてくる。まるで図書室に呼ばれたかのように。

「裕司も……少しゆっくりするといいよ」

こちらに視線を向けた裕司に微笑みを返す。

「おばさんのために一か月以上頑張ってきたんでしょ？　それに、おじいちゃんが施設に入ることも、簡単にすっきりできないのは当然だよ。家族なんだから。そういうことも、ゆっくり考えたらいいと思う。頭の中がいっぱいになっちゃうと、同じことがただぐるぐる回ってる状態にならない？」

話しながら、今回の自分がそうだった――なんて思っていたら、裕司がにっこりと笑って言った。

「やっぱり、幼馴染みはいいな」

「え？　そう、か、な？」

あんまり嬉しそうな笑顔だったので、不覚にもドキドキしてしまう。そして突然の言葉にも。

「うん」

〝幼馴染み〟。今でもそう思ってくれてるんだ……。

「ふうん」

なんだか、やけに嬉しい。そのたったひとことで、胸の中に小さな灯りがともったような気がする。

「〝こいつなら分かってくれる〟っていうのがあるだろ？」

「あ……ああ、そう？」

笑顔で同意を求められたら照れくさくなって、持っていたバッグの中を見てみたりする。「幼馴染み」と言われて喜んでいることも悟られたくなくて。

そうしているうちに、裕司が足を止めた。つられてわたしも立ち止まる。

「話聞いてくれてサンキュー。なんか、ほっとした」

「そう？　よかった。うん」

お礼を言われてまた照れくさくなり、それでもなんとか普通の表情を取り繕って頷いてみせる。

「じゃあな。お疲れ」

裕司はさっと手を上げてわたしに合図をすると、少し戻るように道路を渡っていった。その背中を見送りながら、初めて自分の家の前まで来ていたことに気付いた。

もしかして、送ってくれたのかな……？

門を開けながら、突然思った。振り返ってみたけれど、裕司の姿はもう見えない。心配してくれたのかな？　暗いからって？　今までそんなふうに気遣ってもらったことなんてなかったのに……。

たった十メートルの距離にそんなことを思うのは変かもしれない。でも、それを否定するのを惜しんでいる自分がいる。

黙っておばさんのそばにいる裕司の優しさ。そしてさっきの笑顔と『幼馴染み』という言葉――。

胸がドキドキして頬が熱くなり、またひとりで慌ててしまった。

久しぶりの招待

「智沙都！」

次の朝、家から自転車を押して道路に出たら、斜め前方で、制服姿の裕司が手を振った。

「おはよう」

まだ少し照れくさい気持ちを隠しながら自転車を押して近付く間に、裕司も家から自転車を出してくる。もしかして、一緒に行くってこと？

「昨日は、愚痴っぽいこと言ってごめんな」

「ううん、いいよ、べつに。裕司が頑張ってるって分かったから」

「そうか」

裕司はちょっぴり照れくさそうに下を向き、そのまま小さい声で「サンキュ」と言って、自転車にまたがった。その後ろからわたしも自転車を出発させ、裕司の背中を見ながらほっとしていた。

昨夜は、裕司と話したことで落ち着かない気分になってしまった。

理由のひとつは、家族の話をわたしにしたことを、裕司が後悔しているのではないかと思ったから。

もしそうだとしたら、裕司はまたよそよそしくなってしまうかもしれない。あのときは仲直りできたと思ったけれど、本当は、ついうっかり話してしまっただけなのかもって……。

もうひとつは、それでも嬉しかった、ということ。

久しぶりに話せたことが、とても嬉しかった。まるで気まずさなんかなかったみたいに、裕司が自分の気持ちを素直に打ち明けてくれたことが。

『幼馴染み』って言ってくれたことも。

その響きに仲のよかった頃の思い出が次々と浮かんできた。

そしてもうひとつ。裕司が変わったということ。

子どもっぽいと思っていた裕司は、いつの間にか自分のことよりも家族を心配するようになっていた。顔つきも、話し方も落ち着いて……地に足が着いている、というような。わたしのお節介で嫌な思いをさせたことも、取るに足らないことのように気にしていなくて。小学校時代のことをいまだに引きずっているわたしのほうが、ずっと幼いような気がした。それから……。

変なのだ。

自分の気持ちがごちゃごちゃになって。

昨夜、裕司と別れたあとに浮かんできた『家まで送ってくれたのかもしれない』という考え。それを、否定してはまた持ち出して……を何度も繰り返している。

そんなことをしている自分に呆れつつ、でも、それが頭から離れない。

裕司が話したい気分のときにたまたまわたしがいた。ただそれだけ。

話していて気付いたら、わたしの家の前まで来ていた。ただそれだけ。

そう考えても、『じゃあ、わたしがこんなに裕司にこだわっている理由はなに？』と思ってしまう。

久しぶりに親しく話ができた嬉しさに、なにか、以前にはなかった心を乱されるものが混じっている気がして……。

だから今朝、裕司が笑顔で話しかけてくれてほっとした。

だから今、気持ちが定まらないわたしに背中を向けて前にいることにほっとしている。

自転車で約二十分。

学校までこのまま行くのかな？

裕司はわたしと一緒に登校しているところを見られてもいいの？

紺のブレザーの背中は、記憶にあるよりも大きい。

中学生の頃まではふっくらしていた頬は、今ではすっきりして、とがった顎に続いている。

見た目も中身も大人になっていく裕司——。

「智沙都」

赤信号で止まった裕司が、振り向いてわたしの名前を呼んだ。そろそろ周囲にうちの学校の生徒も見えて、少し気後れしながら隣に並ぶ。

「次のバイトの休みって、いつ？」

普通の声で、普通の友達のようにたずねられて、安心した。もちろん、普通の友達に違いないのだけれど。

「あ、今日だよ。木曜日が休みなの」

「お、そうなのか？　じゃあ今日、うちで花火やろうぜ」

「花火？　花火って……」

気軽に提案する裕司とは逆にわたしは戸惑う。確かに昔はよくやっていたけれど、五月の今の時期に？　あまりにも突然すぎる。

「少しだけどな。そうだな……八時に。よかったら、おばさんも呼んで来いよ。母ちゃんも気晴らしになるし」

「うん……」

〝気晴らし〟という事情は分かった。でも、それがなぜ花火なのかはよく分からない。

そもそも、この時期に手に入るの？

首をひねっているうちに信号が青に変わり、友達を見つけた裕司は「お先」と言って自転車をこいでいってしまった。

昨夜から今朝までの展開に対する戸惑いは解決しないまま、授業が終わり、夜が来た。


「見て見て、智沙都ちゃん！　ほら！」

「昌幸、危ない！　こっち向けんなよ！」

裕司の低い声と昌幸くんの声変わり前の明るい声が庭に広がる。

生垣に囲まれて、片隅に物干し台と柿の木がある昔と変わらない裕司の家の庭。昔と変わらないやりとり。わたしの笑い声もふたりに重なる。

「綺麗だなあ。綺麗だなあ……」

居間の網戸越しに見ているおじいちゃんの声がする。その前の縁側に座っておしゃべりしているおばさんとお母さん。

裕司の家を訪ねるのは本当に久しぶりだったから、お母さんと一緒にと言われて、正直ほっとしていた。

おじいちゃんは、わたしとお母さんがあいさつしてもよく分からないみたいだった。

裕司が「智沙都と智沙都のおばさんだよ」とおじいちゃんに説明しても、「ほう」と感心したように言っただけ。そのことに淋しさと胸の痛みを感じた。

五月の夜はまだ肌寒いけれど、花火と笑い声でお腹の中から温まるような気がする。

裕司が用意していたのは、手持ち花火の小さいものばかりだけど、三袋もあった。細長い花火に次々と火をつけて、緑や赤にはじける炎を見ていたら、あっという間になんの不安もなかった子どもの頃のような気分になった。

「どこの家かと思ったら、うちか～」

途中で帰ってきたおじさんが笑いながら言い、おじいちゃんをお風呂に入れに行った。お母さんたちは寒くなったからと、それぞれ家に戻った。最後にとっておいた線香花火をやる頃には、はしゃぎすぎた昌幸くんがあくびをしていた。

「花火ってものすごく久しぶり。たまにやると楽しいね」

懐中電灯のあかりを頼りにバケツと花火のゴミを裕司とふたりで片付けながら、誘ってくれたお礼の気持ちを込めて伝えた。

「古いから湿気ってるかと思ったけど、大丈夫だったな」

「あ、古かったの？」

「うん。去年の夏のだから」

「ふうん。すぐにやらなかったんだね。天気が悪かったの？」

裕司が立ち上がってわたしからゴミを受け取り、そのまま黙ってしまった。

もしかして、なにかいけないことを言った……？

せっかく楽しい時間を過ごせたのに、わたしはまた余計なことを言ってしまったのだろうか。おそるおそる顔を見上げたら、暗くはあるけれど、じっと見つめられていることが分かって困惑してしまう。

なにか言わないと、と焦る。この微妙な雰囲気に、昨夜、裕司と別れたあとに訪れた動揺がよみがえりそうだ。なんでもいいから急いで、と思って口を開いた。

「そうだ、覚えてる？　裕司は昔から――」

「智沙都と一緒にやろうと思って」

「……え？」

裕司の言葉に胸の鼓動がずしん！　と大きくなって、どうしたらいいか分からない。冗談でやり過ごそうとしても、馬鹿みたいに口をパクパクさせるだけ。動悸を抑えようと、気付いたら手で胸をギュッと押していた。

『待て待て。裕司はただ、花火を一緒にやろうと思っただけなんだから。昔みたいに』

そう自分に言い聞かせて、気付かれないようにゆっくりと深呼吸。

裕司は目を見開いてなにも言えないわたしから視線を逸らし、落ち着いた様子でゴミを置き、手を洗う。手招きされて、わたしも手を洗ったら、裕司が「あ、タオルがないや」と言って笑った。

「えっと、いいよ、すぐ家だから」

手を洗っているうちに少し落ち着いてきた。

少しでも乾かそうと手をふるふると振っているわたしに裕司が笑いかけ、家の門を開けてくれる。そこでバイバイだと思って、ほっとしながらお礼を言おうと振り向くと、裕司が門を閉めながら出てくるところだった。

『うそ!?　どうして!?　これって……どう考えたらいいの!?』

せっかく落ち着いたのに、さっきよりも激しいパニックに陥る。

慌てているうちに、「ここまででいいよ」と言うタイミングを逃してしまった。

走って逃げ出すわけにもいかない。

隣に並んで歩いている裕司の体温を感じるような気がする。

『なにか言わなくちゃ。黙っていたら変だもの。でも、なにを?　ああ裕司、お願い。なにか言って!』

頭の中でいくら叫んでも自分の口は動かない。

「あの花火、去年の合宿で余ったやつなんだ」

わたしの願いが通じたのか、裕司の声が聞こえてきた。しかも、話題に不安になる要素はない。

「あ、そうなの？」

「うん。最終日にやるはずだったのが、雨でできなくて」

「ふうん」

と言っているうちに、我が家の門の前。これでとりあえずこの緊張から解放される……と思ってほっとできたのは一瞬だけ。門には裕司が先に手をかけてしまった。開けてくれるのかと思ったけれど、その腕はそれ以上動かない。まるで通せんぼをしているように。

それを押しのけて門を開けることもできなくて、わたしは困ったまま裕司を見上げた。すると裕司と目が合って――。

「智沙都と仲直りしようと思って、もらってきた」

仲直り……？

仲直りは花火で

うちの門に手をかけて、まっすぐにわたしを見つめる裕司。門灯のやわらかい明かりの中で、その表情も穏やかに見える。

「仲直り……って、べつに喧嘩とかしてないけど……」

言いながら、視線が下がってしまう。

心の中では分かっていた。高校に入ってからの一年間、なんとなくお互いが距離を置いてきた、ということに。

最初はほんのちょっとの気まずさから。

でもそれが、だんだんと大きく膨らんで、意地になって……。

「うん、まあそうだけど、なんか、高校に入ってから話しにくくなっちゃっただろ？　だから、一緒に花火でもしたら元に戻れるかなって思って」

元に……。

裕司はわたしと前みたいに話したいと思ってくれていたんだ。一緒に楽しいことをして笑おうと。

「うん……、そうだね。確かに花火はいいね」

嬉しい気持ちが心を満たす。

でも、それを素直に表すのが照れくさくて、強気な笑顔をつくって見せる。目が合った裕司もニヤリと笑った。そんな、ただの笑顔のやりとりが懐かしくて少しだけ泣きたいような気分になった。

「あーあ」

突然、裕司はもう一方の手も門にかけ、のけぞるようにして空を仰いだ。リラックスしたその姿に、昔の、子どもの頃の裕司が重なる。

「なあに？」

「仲直りしようと思っていたのに、結局、先に智沙都に謝られた。ダメだな、俺は」

予想外の反省の言葉に心がふわりと和らいだ。

「そんなことないよ」

裕司は家族のために頑張れるひとになった。それはわたしがちゃんと知っている。

「クラス替えで別れちゃったから、少しでもチャンスをつくろうと思って図書委員にもなったのにさー」

「え？」

裕司が図書委員になった理由。それがわたしのため？

「智沙都は絶対に図書委員になると思ったから。一緒に仕事をすれば話すきっかけができると思ったのに、当番がローテーションでバラバラになってるとは思わなかったよ」

「そう、なんだ……」

そうか。イベント関係の委員会は、みんなで一緒にやるもんね。図書室に行ったことのない裕司は、図書委員がどんなものなのか、まったく知らなかったのか……。

それにしても……。

わたしと仲直りするために？

ガラにもない図書委員を？

「ふふ……」

笑いがこみ上げてくる。

初めての図書室も図書委員も、裕司には困惑の連続だったに違いない。

「なんだよ？」

「いや、べつに……」

その直後、裕司がふっと不満げな顔に。

「だいたい智沙都が悪いんだぞ。ひとりで高校デビューなんかするから」

思いもかけない裕司の言葉。

高校デビューって……。

「そんなこと、してないけど？」

「しただろ？　メガネをコンタクトにして、髪型も変えて」

拗ねた口調で裕司が続ける。

「俺にはなんにも言わないで。入学式にいきなり見せられたら、びっくりするだろ？」

それくらいで!?

「そんな。だって、わたし、中学のときから言ってたよ、高校生になったらコンタクトにするって。それに、髪だって結ぶのをやめただけだよ？　変えたっていうほどじゃないよ」

そんなの高校デビュー以前の問題だよ、と思ったけれど、裕司にはそうじゃなかったらしい。「だって」と言ったきり、黙ってしまった。

「びっくりしたからって、無視することないじゃない」

入学初日のことを思い出して、わたしもあのときの気持ちを口にしてみる。

「無視なんか……」

「したよ。入学式の日、わたしが教室に入ったとき、目が合ったのに知らんぷりしたじゃない。次の日だって、そのあとだって、まるっきり避けてるみたいで」

「智沙都が先に話しかけてくれればよかったのに……」

ぼそり、とつぶやかれた言葉を聞いて、思わず力が抜けた。

つまり裕司は、わたしの雰囲気が変わったために気後れして、話しかけてこなかったのだ。気後れと、わたしが黙って高校デビューしたと思い込んで、ふてくされて。

やっぱりお子様だ。

そう思った途端、自分もだ、と気が付いて反省した。無視されたと思って、意地になっていた。そして、仲直りをしようと思ってくれた分、裕司のほうが素直で優しい。

「……裕司。花火、誘ってくれてありがとう」

「うん」

ちらりと見上げたら目が合った。

照れ隠しに笑ってみる。裕司も釣られたように笑った。

「あの……おやすみ」

わたしが言うと、裕司は気付いたように門を開けてくれた。

「うん。おやすみ」

頷いて門を抜けるわたしに後ろからもうひとこと。

「また明日な」

また明日——。

この言葉を裕司から言われるのはいつ以来だろう。そう思ったら胸の中が温かくなった。

翌朝、自転車を押して家から出ると、裕司が自分の家の前で自転車にまたがって待っていた。朝の澄んだ光の中、笑顔で「智沙都」と手を上げた。

「また明日」って、これのこと？

ただのあいさつの言葉だと思ったのに……。

「おはよう。裕司、早いね」

自転車を押したままゆっくり近付く。鼓動を落ち着けてから出発したくて。

頬が熱いような気がするけれど、初夏の日差しが隠してくれることを祈った。

「まあ、今までだって、この時間には出られたんだけど」

「ホントに〜？　去年はいつも遅刻寸前だったし、月曜日も火曜日も、だいぶ遅かったみたいだよ」

そう。裕司が出てくるのを待っていたのに、会えなくて。

「あれは、お前がなかなか出発しないから」

「え？　それってもしかして、わたしが行くのを待ってたの？　なんで？」

「そ、それは、気まずいからに決まってるだろ！」

「ああ……そうなの……。ごめん」

自転車を支える腕から力が抜けそうになった。まあ、気まずいのは分かるけど……。

裕司がそれほど気にしてるなんて思わなかった。図書室でのあのできごとを。

「いや、謝るようなことじゃないけど……」

もごもごと言って、裕司が走り出した。

そのあとについて走り出し、裕司の背中を見ていたら、いろんなことが浮かんできた。たくさんの思い出――脳裏に焼き付いている景色、声、会話、そして心も。

裕司のことを好きだった……と思っていた小学生時代。

ううん。

好きだと感じていたなら好きだったのだ。勘違いだとしても、そうと知ったそのときまでは。

裕司を子ども扱いしながらも、口喧嘩や冗談を交わす仲だった中学生時代。

裕司はやっぱりわたしの生活の一部だった。

そして、疎遠になっていた高校での一年間。

裕司が拗ねていたように、わたしも拗ねていた。にぎやかなグループで楽しそうな裕司を見ながら。置いていかれたような気がして。

けれど、その時間のなかで、裕司はわたしを忘れたわけではなかった。

前のように話したいと思ってくれて、花火を用意してくれていた。実行するまで半年以上かかったってところが、笑えるけど。

そして今、一緒にいる――。

『これからどうなるの？』

心の中でたずねたら、いきなり裕司が振り向いた。

気付かないうちに声に出してしまったかと慌てて口を結ぶ。でも、もちろん裕司には聞こえていなかった。

「どうしたの？」

道路わきの公園に少し入って止まった裕司の横に、わたしも自転車から降りないまま並ぶ。裕司は肩越しにわたしを見ながら、困ったような顔をしている。

「ねえ、そんなに余裕のある時間じゃないよ？」

それでも裕司は言い出しにくそうにしているだけ。

なにか気になることがあるのかと思いながら周囲を見回すと、すぐ前にコンクリートの四角い建物が。

――あ。

「トイレ？　じゃあ、わたし、先に行くから」

「え？　あ」

「大丈夫。誰にも言わないよ。あ、ティッシュ持ってる？　こういうところって紙がないことが……」

「ち、違う。智沙都、違うから」

慌てて否定する裕司に、「じゃあ、なに？」と問いかけると、ようやくちゃんとした言葉が聞こえた……けど。

「智沙都って、永岡のこと好きなのか？」

聞こえた言葉に驚いた……というか、呆れたというか、なんとも言えない気分になってしまった。

裕司はそんなことを気にしていたのだろうか？

その途端、思い出した。もしかして、あの日図書室で裕司を問い詰めたとき、わたしを睨んだのは永岡くんの名前を出したから？

そう思ったら、今度はなんだか笑いたくなってきた。そして、もう少し裕司を困らせてみたいという気持ちが湧いてくる。

「そりゃあ、永岡くんはカッコいいもんね」

にっこり笑って言ってみせると、裕司は目を見開いてわたしを見た。

「なにしろ笑顔がいいよね。バスケも上手いんでしょ？」

続けて言うと、裕司は肩を落として「うん」と頷き、下を向いてしまった。

そんなふうにしゅんとした裕司を見たら、すぐにいたずら心は消えてしまう。せっかく仲直りしたのに、またすれ違ったりなんかしたら嫌だ。

「女の子なら誰でも憧れるんじゃない？　目の保養ってやつ？」

「目の保養？」

「好きっていうのとは、また別ってこと」

「ふーん……」

裕司が嬉しいのを懸命に隠そうとしている。平気な顔をしようとしているけれど、口元が緩んで。

あまりにも顔に出る裕司が可笑しい。

けれど、それを見て心が浮き立っているわたしも変――？

「あと、小学校のとき、ごめんな」

裕司がふいに言った。

「小学校のとき？」

急に謝られても、どれのことなのか分からない。裕司とは一緒に過ごした時間が長かった分、泣かされたことも何度もあったから。

「あの、バレンタインのとき。六年の」

「……ああ」

朝、みんなに言いふらした〝あれ〟ね。

「俺、嬉しくて調子に乗っちゃって……、あとで謝らなくちゃと思ったんだけど、できないままになっちゃって……、ごめん」

「もういいよ」

そうやって後悔して覚えていてくれたなら、それで十分。

「あ、だけど、あの後輩のことはかわいそうだったと思うよ」

「後輩？」

驚いた顔で裕司がたずねる。

「中学の陸上部の後輩だよ。バレンタインにチョコをもらったって言いふらしたんでしょう？　男子にからかわれて泣いちゃったって聞いたよ。いくらなんでも中学でもやるとは思わなかったよ」

「え……？　あ！　それは違ってるぞ！」

「え？　違うの？」

「違うよ。あれは一年のなかからうわさが広まったんだよ。俺はしゃべってないよ」

「そうなの!?」

ふたりで驚いた顔を見合わせた。今さら出てきた真実にびっくりだ。

「うわさの元はたぶん一年の女子なんだよ。それが一年男子にも広まって」

裕司が苦い表情で説明した。

「その女の子は普段は気が強くて、よく男子と口喧嘩なんかもしてたから、からかっても平気だと思ったらしい。だけど、すぐに泣いちゃったみたいでさあ」

そりゃあ、コクったことを男子にからかわれたら泣きたくなるよね……。

「あのときは大変だったんだぞ。ほかのヤツから『お前が慰めれば解決する』とか言われてさあ。慰めるって言ったってよく分からないし、優しくして誤解されたら困るし、とりあえず謝ってみたけど……っていうか、智沙都は誰からその話聞いたんだよ？ 間違った情報なんてひどいぞ」

「ホントだね……、ごめん」

じゃあ、わたしは何年も、裕司のことを誤解していたわけ？ なんてことだろう。

「あ。時間は？」

腕時計を見ると、けっこうギリギリの時間。

「あ、そうか。行こう」

「うん」

自転車で裕司を追いかけながら、心の中が今朝の空気のように晴れやかになっていることに気付いた。それは、幼馴染みと元どおり仲よくなれた嬉しさにしては大きすぎるような気がして……。

――これからどうなるの？

この先、ふたりで話したり笑ったりしている場面が目に浮かんで胸が疼《うず》く。痛いような……でも、不快ではなく、むしろわくわくするような。

裕司はこれからも、辛いことや困ったことを話してくれる？

ほかのひとに言えないことでも、わたしには。

そして、わたしが辛いときにも話を聞いてくれる？

訊いてみたい。昔とは違う、おとなびた表情で「当たり前だろ」って、言ってくれるのかな……？

ねえ、裕司。また気まずくなることもあるかな？

きっとあるかもしれない。

でも、そのときはまた仲直りしようね。

裕司が思い付いてくれたように、花火を買って。

だから裕司。

わたしが花火に誘ったら、絶対に断らないでね。

明るい光のなかでぐん！　と力を込めてペダルを漕いだら、今のこの気持ちが、前を行く裕司に届くような気がした。

『五月の花火』——完

第二話　ハックルベリイとわたし

憂鬱《ゆううつ》と登山の本

気が重い……。

今まで、これほど憂鬱になったことはなかった。……部活のことでは。

先輩にたくさん怒られても、大会出場メンバーに選ばれなくても、部室に行くのが嫌になったことはなかった。

でも、今日はダメ。みんなと顔を合わせたくない……。

わたしたちにとっては最後の大会だから、いい成績を取りたい気持ちは分かる。それはわたしだって同じ。

だけど、だからと言って、佐川《さがわ》くんのことをわたしひとりに押し付けるのは……。

そこまで考えてから、もう何度目かも分からないため息をついた。

佐川くんは、わたしたち吹奏楽部の同じ三年生。副部長で、打楽器を担当している。

実力もあるし、練習熱心だ。面倒見もよくて、後輩の指導も丁寧にやっている。ではあるのだけど、ここのところ同学年からの評価が急激に下がっている。なぜなら、上から目線の口の利き方をするから。
一、二年生の頃はみんなで仲よくやっていた。でも、三年生になってから、彼のものの言い方が部員達——特に同学年の間で、反感を買うようになった。新入生が入ったし、佐川くんも副部長としての責任感でのことかもしれないけれど。

それでも仲間だし、表立って言い争いになったりすると部の雰囲気が悪くなると思って、みんな、なるべく気にしないようにしてきた。

けれど、先月の中間テストが終わってから、様子が変わった。

夏休みの最初に行われる大会で三年生は引退と決まっている。だから三年生はみんな、一層気合いが入る。

そんななかで佐川くんの言葉も、いつもよりも調子が強くなってきたのだ。

一番困るのは、最近の彼の指摘が部員の技術面の未熟さだけでなく、精神面にまで及ぶようになってきたこと。「たるんでる」とか「やる気がないからだ」なんて決めつけるように言われると、「頑張っているのに」と傷付いてしまう。自分が言われたのではなくても居心地が悪い。

そんなことが、コンクールが近付いてイライラしている三年生部員たちの癇《かん》に障り、一部では爆発寸前の状態。

わたしは部長という立場上、どうにか喧嘩になるのを避けようと、それなりに努力はしてきた。

全体練習やミーティングでは仲裁に入ったし、個別に愚痴を聞いたりもした。先生に相談したら、ミーティング中に『個人的な感情を演奏に持ち込むな』と言ってはくれた。でも、そのときの説教じみた口調が逆に部員の反感をあおり、その怒りの鉾先は、先生に相談をしたという理由でわたしに向けられる結果となってしまった。

気が進まなかったけど、佐川くんとも話した。でも、みんなの気持ちを伝えたら、「俺が悪いって言うのか」と怒ってしまった。最後に「俺が我慢すればいいんだろ！」と撥《は》ね付けるような言い方をされて。そして、佐川くんはさらにとがった態度をとるようになった。

そんな状況でもみんな……佐川くん以外は、わたしが努力していることは理解してくれていると思っていた。

そう。

〝思っていた〟――。

それが自分の思い込みだったと知ったのは昨日のこと。部活が終わったあと、駅に向かう道で部員のリサたち三人から責められたのだ。

「胡桃《くるみ》が甘やかすから、佐川くんがつけ上がるんだよ」

最初のひとことに頬を殴られたような気がした。心臓がドキリとし、一瞬、表情を取り繕うことができなかった。

「そうそう。みんなの前で、はっきり言ってやったほうがいいんだよ、威張るなって」

「そうだよ。ちょっと顔がいいからって、なにを言っても許されると思ってるんじゃないの？　ホントに頭に来る！」

「副部長の佐川くんより胡桃のほうが偉いんだから、胡桃が一喝《いっかつ》すれば、あいつだって少しは反省するでしょ」

言葉がかぶせられるたび、心臓がドキドキして、体が熱いような、寒いような感覚に襲われる。耳と頬に血が上ってきたことが分かって、ショートボブにしている髪が隠してくれることを祈った。

「で、でも、さすがに後輩の前では言えないよ。佐川くんの立場だってあるし……」

反論しながら、唇が震えていることが分かった。

なんとか落ち着こうとゆっくり言葉を重ねて、わたしはリサたちをなだめようとした。

「それに、わたしたちが目の前で揉《も》めたら、一、二年生だって困っちゃうよ、きっと」

わたしだって練習中に佐川くんの口の利き方に腹が立つことはある。でも、それは彼なりの熱心さの表れだと思うと一方的に責めることはできない。それに、やっぱり同じ部の仲間として上手くやっていきたい。最後の大会なのだから。それをリサたちにも分かってほしいのに……。

「そうやって胡桃が厳しく言わないから、あいつが調子に乗るんだよ」

そう言って、彼女たちはますます怒ってしまった。理解してもらえていなかったことに、わたしは驚いて、困って、悲しくなってしまった。

駅で反対方向に帰るリサたちと別れたあと、入部時から一番仲よくしてきた麻美《あさみ》に相談しようとした。ところが、麻美から返ってきた言葉は、

「胡桃は部長なんだから、仕方ないいんじゃない」

というひとことだった。

麻美なら分かってくれると思っていたのに、「仕方ない」で片付けられてしまうなんて……。

リサたちの怒りよりも、麻美のこのひとことのほうがずっとショックが大きかった。そんなことがあったから、今日は部活に行くのが辛い。しかもコンクールまであと三週間しかない。

佐川くんは今日もひとを傷つけるような言い方をするだろうし、リサたちは不満を態度で示すだろう。麻美も助けてくれない。後輩はびくびくする。わたしは——大声で怒鳴って、ほったらかして帰ってしまいたい。けれど、できるはずはない。

どこかで時間稼ぎでもしたいな……。

でも、どこで?

トイレに閉じこもるのは落ち着きそうだけど、ひとが出入りすると気になる。教室

にひとりでいたりしたら、まるで「悩みがあります」って言いふらしてるみたいだし、やっぱり誰かが来るかもしれない。

　居場所がない……。

　うじうじと思い悩みながら、廊下を歩く。立ち止まっているのも変な気がするので仕方なく歩いているけれど、音楽室に近付くのが嫌だ。

　音楽室は東棟の四階。南棟の三階にあるわたしの教室からは、突き当たりを曲がって階段を上らないと行けない。

「はあ……」

　階段まで来たら、ため息が出た。上からは、早くも誰かが練習しているのかクラリネットの音が聞こえる。

　行きたくない。でも……。

　一歩、二歩、三歩。

　重い足取りで階段に近付く。

　歩幅がだんだん狭くなる。

　最後の一歩。

　――やっぱりダメ。

　階段の一段目に足をかける直前で、左に向きを変えた。そのまま急ぎ足で、下り階段を駆け降りる。一段降りるたびに、サイドの髪が頬にパタパタとあたる。

──もうちょっとだけ。

もうちょっとだけゆっくり。

二階に着いて、ちょっと迷う。

左に進めば職員室。右の廊下には……確か、この辺はなにかの教材室。

──ひとのいないところ。

一回頷いて、右へ向かって歩き始める。

正面に廊下の端が見える。でも、そこから隣の棟に曲がれるはず。うちの学校は、校舎が中庭を囲んで四角くつながっているのだ。

一回りすれば落ち着くかな……。

そう思って歩き出したけれど、二つ目の角を曲がったとき、それほど時間はかからないと分かった。まだ音楽室に行く決心がつかなくて、二周目を考えてしまう。

そのとき、通りかかった戸のガラスから中がちらりと見えた。

そうか。ここがあった……。

図書室。

そういえば玄関に【待ち合わせは図書室でどうぞ！】というポスターが貼ってあった。あれは放課後に自由に出入りできるという意味だ。

中を覗くと七、八人の生徒がウロウロしたり座ったりしている。それを見て、ほっとする思いで戸を開けて中に入った。

放課後に図書室に寄るのは初めて。昼休みに何度か来たことがあるだけ。

室内は軽く冷房が効いていた。湿気の少ない爽やかな空気が体を包み、「いらっしゃい」と歓迎してくれているような気がする。

入り口の左側にカウンター、右側には四角い机が二つあって、何人かがおしゃべりをしたり、雑誌を読んだりしていた。少しざわついていたけど、思っていたよりも和やかな雰囲気で、緊張が緩む。

前に来たときと、机の配置が変わっているみたい。

中庭に面した窓に沿って並んだ勉強用の机では、何人かがノートや参考書を広げている。

さて……。どうしよう？

右奥には本棚が縦にずらりと並ぶ。そちらにも何人かの生徒が見える。けれど、本棚を見て回るにしても、なにを見たらいいのか分からない。そうは言っても、ここでいつまでも突っ立っているのは変だし……。

困ってもう一度室内を見回すと、勉強用の机の手前に、本が並べてあることに気付いた。

助かった思いで近付くと、雲型に切り抜いた厚紙に【七月の特集は『旅』です！】と書いて立ててある。小さい机に表紙が見えるように何冊か置いてあり、隣のワゴンにもずらりと本が立ててあった。

【七月の】と書いてあるということは、毎月テーマを決めて、本を並べてあるということか。

【アンナプルナ】……？

ワゴンに並んだ背表紙のひとつに目が留まる。暗号のような、お菓子の名前のようなカタカナの羅列。そのあとに【登頂】と続いているからには、山の名前なのだろう。

手に取ってみると、表紙には雪をかぶった険しい山の写真。

綺麗……。でも、この山に登れるの？

わたしが見たことがある山は、どれも地面が土だ。でも、この写真の山は、岩か氷の塊でできているように見える。

「それ、すげー面白いよ」

ふいに斜め後ろで声がして、驚いて振り向いたら、白いワイシャツの肩が見えた。

少しハスキーな低い声は聞き覚えがある。そのまま見上げると、日に焼けた顔が白い歯を見せて笑っていた。

太い眉に目が大きいくっきりした顔、ごわごわと硬そうな真っ黒の髪。五組の龍野《たつの》大貴《だいき》くんだ。

同じクラスになったことはないけれど、去年も今年も選択授業の物理を一緒に受けている。

「……そうなの？」

体も声も大きい龍野くんは、見た目どおりの元気で物怖じしない男の子だ。授業のときも、分からない部分はどんどん質問するし、先生のつまらないジョークを遠慮なくからかう。

席が近いわたしにも気さくに話しかけてくる。授業以外の場所で話しかけられたのは今日が初めてだけど。

読んでみようと思ったわけじゃなかったんだけどな……。

手元の本に視線を戻しながら、ちょっぴり困ってしまう。

「俺、中学のときに読んだんだ。人類で初めて八〇〇〇メートル級の山に登ったフランスの登山隊の話なんだよ」

「へえ」

興味はないけれど、目をキラキラさせて説明する龍野くんにそうとは言えない。

「だけど、なにしろ今から七十年くらい昔の話でさ、あ、それヒマラヤの山なんだけど、地図なんか、想像図しかないわけ」

「え？　想像図？　地図が？」

思わず訊き返していた。だって、ヒマラヤに行くのにそんなのいい加減すぎる。

「そう。今みたいに衛星写真とかないから、ヒマラヤ山脈を外側からながめて、『裏側はこんな感じかなー』って描いたらしくて」

「うそ……」

仕方がないとはいえ、そんな地図だったら、ないほうがマシだったんじゃないのかな？

「だから最初は何度も行ったり来たりして、地図をつくりながら、ルートを決めるところから始めるんだ。だけど、天気の関係で登れる期間が限られてるし、国の威信は背負ってるしで、すげぇプレッシャーでさ」

「それは……大変だね」

「だろ？　それに、その頃だと、防寒具も今みたいなものはなかったし、荷物だってものすごく重かったはずなんだ」

「ああ、そうか。確かにね」

そう思ってあらためて表紙の写真を見ると、ますます無謀な挑戦のように思えてくる。

「な？　俺、その本読んで感動して、それで登山部があるからってこの学校に決めたんだよ」

「へえ……」

進路に影響を与えるほどの感動って、すごいな。

「まあ、さすがにうちの部活で雪山に挑戦はしないけど。駒居《こまい》もきっと感動するから読んでみて。じゃあな」

あ、行っちゃった。唐突に現れて、さっさと行ってしまったなあ……。

うーん、どうしよう？　登山とか、全然興味ないけど……。

でも、あんなに熱心に勧めてくれたし、まあ、たまには本を借りるのもいいか。電車の中で読むものがあるっていうのもいいかもね。

「あ」

何時だろう？　もうそろそろ行かないと。

腕時計を見ると、四時五分前。慌てて本をカウンターに持っていく。生徒手帳を見せて貸出の手続きをして、本はバッグに突っ込んだ。

小走りに職員室の前を抜けて、さっき降りてきた階段を、今度は迷いなく駆け上がる。さっきまでの躊躇《ちゅうちょ》はどこかに消えてしまった。ギリギリの時間だと迷ってるヒマなんてない。いや、ギリギリというよりも、どちらかというと遅刻だ。

　でも、今週の全体練習は四時半からで、それまでは各自の個別練習の時間。今の時間は部員それぞれ、好きな場所で練習したりランニングをしたりしているはず。遅刻しても、みんなに迷惑がかかるわけじゃない。

　四階に着くと、音楽室前の廊下で一年生がすでに音を出していた。音楽準備室からはマリンバの軽やかなメロディーが聞こえてくる。

「こんにちはー」

「先輩、こんにちは」

　通り過ぎるわたしに後輩が口々にあいさつをする。

「こんにちは」

　それに手を振って応えて音楽室のドアに手をかける。ドアを開けると、それまで防音の壁に閉じ込められていたティンパニの音がドドン、とぶつかってきた。

　練習していた打楽器担当が、ちらりとわたしを見て、また楽器に注意を戻す。その中にいる佐川くんが気になったけれど、敢《あ》えて見ないように通り過ぎた。

　音楽準備室のキャビネットから自分のトランペットを出して廊下に出る。

　わたしのお気に入りの練習場所は南棟の一階の端、体育館に続くドアの前。体育館の出入りは二階の渡り廊下を使うのが一般的なので、ここはめったにひとが通らないのだ。音楽室からは遠いけど、去年から、わたしはここで練習している。

まっすぐ続く廊下の隅っこからトランペットを吹くと、音が廊下を進んでいくのが見えるような気がする。窓を開けると体育館や校庭から運動部の声が少し遠く聞こえることや、ときおり通りかかる生徒が窓から見えるところもなんとなく好き。気分によってはドアから外に出て、すのこの上で吹くこともある。

今日は六月の梅雨の貴重な晴れ間なので、何日ぶりかで校舎の外へ。少し暑いけれど、校舎と体育館の間を通る風がわたしの短い髪の中を吹き抜けていく。校舎のどこかから「ボー」と聞こえるチューバの音に応えるように、わたしも一息音を出す。

お気に入りの場所に立ってひとりで練習しているうちに、だんだん心が晴れてきた。けれど。

音楽室に戻るときには、これならみんなの不機嫌に対処できそうだと思った。

楽器を持って音楽室に集合したとき、わたしや佐川くんを見ないようにしている何人かの部員たちの様子に、早くも心が折れそうになった。

一回目の演奏が佐川くんの声で止まったとき、誰かは分からないけどわざとらしいため息が聞こえた。

全体練習が進むにつれて、佐川くんの機嫌が悪くなってきたのもはっきりと分かった。

「入るのが遅い」

「もっと大きな音出ないのかよ?」

「そろってない」

佐川くんが何度も演奏を止めて指摘する。指揮のアユミが、一度通しでやろうと言っても佐川くんは聞かなかった。

後半は、三年生の一部が佐川くんを無視して演奏を続けた。

曲の合間にわたしが取り成そうとしても効き目はなく、演奏がやたらと荒くなっただけ。

後輩たちは、どうしていいか分からない顔をしている。

練習が終わる頃には、また憂鬱な気分になっていた。

夕焼けと癒やしの声

「お」

「あ」

翌日の物理の授業。選択教室に行くと、教室前の廊下で龍野くんと一緒になった。

「昨日、悪かったな」

「え？」

入り口を抜けながら急に謝られて戸惑う。

「いや、いきなり本を薦めたりしてさ。あの本を見てるヤツがいるって思ったら嬉しくなっちゃって。駒居が興味あるかどうか分からないのに」

「あ、ああ……、いいよ、べつに」

図星だったので慌ててしまう。一応あの本は借りたけど、読む気にならないままカバンに入れっぱなしだ。後ろめたいので、席に向かいながらさり気なく話をそらそうと話題を探す。

話をそらすとは言っても、咄嗟《とっさ》に浮かんできたのは部活の話題。気がかりなことはどうしても頭から離れないので仕方ない。

「龍野くんは、もう部活は引退したの？」

「俺？　まあ、そうなんだけど、自主練で出てるっていうか……」

大きな体で机の間を進みながら龍野くんが答えた。

「自主練？」

「うん。夏休みに親戚の伯父さんが南アルプスに連れていってくれることになってるから、その準備で。荷物を背負って階段を上ったり降りたりするのに、学校は都合がいいんだよな」

「ああ、そうだね」

確かに登山部のひとたちが、リュックを背負って校内を歩きまわっている姿はよく目にする。それに、走ったり、筋トレをしたりしているところも。

それにしても、部活以外でも行くなんて、本当に山登りが好きなんだ……。

「ブラバンはまだなんだろ？」

机に荷物を置くタイミングが重なる。周囲がざわざわしていても、龍野くんの声は力強くはっきり聞こえる。まるで低音の金管楽器みたい。

「あれ？　知ってた？」

「だって、駒居、先週も外周走ってたじゃん、ブラバンのポロシャツ着て。俺、途中で追い越したよ」

「ああ、そうなんだ……」

運動は苦手だから、走ってる姿はサマになってなかっただろうなあ……。

「引退はいつ？」

「夏休みの大会が終わったら」

「へえ、受験があるのに頑張るなあ。それだけ結束が固いってことかもな」

頬杖をついた龍野くんが感心したように言ったけれど、「結束」という言葉で胸になにかが刺さったような気がした。

「そうでもないんだよね……」

ダメだ。思わず弱気が漏れ出してしまう。昨日もやっとの思いで部活に出たけど、全体練習では雰囲気が悪かったし……。

「ふぅ……」

ため息が出た。

龍野くんは吹奏楽部には関係がないと思うと、なんとなくほっとする。クラスで仲よくしているグループには吹奏楽部のアユミがいるので、部活の愚痴は気をつけなくちゃいけないから。

「大変そうだな」

ゆっくり息をつくように、龍野くんが言った。

「うん……、まあね」

わたしは否定しなかった。

そこまで話したところで先生が来て、話はおしまいになった。話したのは短い時間だったけれど、龍野くんの「大変そうだな」という言葉に、とても気持ちが癒された気がした。

けれど……。部活はやっぱり気分が重かった。

放課後、音楽室に入った時点で、緊張感が伝わってきた。

もしかしたら、わたしが緊張していて、それがみんなに伝染したのかもしれない。とにかく、なんとも言えないピリピリした雰囲気が立ち込めていた。

それぞれが楽器を持って個人練習に散っていくのを重い気分で見送る。

ゴールデンウィーク明けくらいまでは音楽室から出ていきながら、「あとでねー」なんて明るく声をかけ合っていた。なのに、今日は通る部員がぶつかった椅子のガタガタいう音しか聞こえない。麻美はいつものように手を振ってくれたけど。

リサたち三人が一緒に出ていきながら、小声でなにかを話している。その様子を視界の隅でとらえて、胃のあたりが重くなる。眉間にしわをよせた彼女たちの表情で、佐川くんかわたしのことを話しているのだろうな、と考えてしまったから。

打楽器は大きいので、打楽器担当はこの音楽室か、隣の準備室で練習をしている。

佐川くんも、準備室からティンパニを出してくるところ。

——やっぱり言わなくちゃダメ？

さっきのリサたちの様子と、数日前に聞いたわたしへの不満を思い出す。

『みんなの前ではっきり言ってやったほうがいいんだよ』

昨日の練習でも、佐川くんの舌鋒《ぜっぽう》は相変わらずだった。わたしがみんなの前で言えば、佐川くんはおとなしくなるの？　でなければ、わたしの努力を認めてくれるの？

注意するなら全体練習よりもひとがまばらな今のほうが言いやすいと思う。けれど、どう話を持っていったらいいのか分からない。既に一度、怒らせてしまったし……。

佐川くんがあのあとふて腐れているのがはっきり分かって、悲しい気分になった。

自分がもっと上手く言えればよかったのに、と、結構落ち込んだ。

誰かに「悪いところを直してほしい」と伝えるのって、とても負担が大きいし、その割に報われない。だからみんな、わたしに押し付けようとするんだよね……。

——無理だ。今日は気力が出ない。

自分からなにかをしようと思えない。とにかく今日も、さっさと終わってほしい。

トランペットを持って廊下に出ながら、自分がなんとなくこそこそしていることに気付いた。

『どうしてわたしが！』

階段へと歩きながら腹が立って、思わず胸の中で不満を漏らした。

こんなに部全体のことを考えているのに。

どうして誰も分かってくれないの？

どうしてわたしだけが、こんな思いをしなくちゃならないの？

――『部長なんだから、仕方ないんじゃない』

麻美の言葉が頭の中に響いた。胃のあたりがまた重くなる。

いっそのこと、病気にでもなってしまいたい。そうすれば、大手を振って部活を休むことができるし、休んでも文句を言われない。入院するほどじゃなくても、ちょっとだけ、軽い病気か怪我でも……。

なんて考えても、そう上手くいくはずがない。わたしは健康だし、自分から怪我をするのは怖いもの。

「ふぅ……」

また、ため息が出てしまった。なんだかもう、なにもしたくない。

階段を二段ほど降りて、コンクリートの手すりから下を覗いてみる。

カクカクと長方形の螺旋《らせん》を描いて、四階分の手すりが見える。その規則的で動きのない景色が、不思議なほどほっとする。

後ろから聞こえるマリンバの音。校舎のどこかから聞こえるクラリネットやサックス、フルート、トロンボーン。前は、こんなバラバラの音に自分の吹く音が混じるのも楽しかった。
「はぁ……」

もうひとつため息をついて、腕時計を見る。

全体練習までの時間を確認し、さらにそれが始まったあとのことを思って気が滅入りながらも、わたしはいつもの隅っこを目指した。


「――これで終了します。お疲れさまでした」

「お疲れさまでした」

わたしのあいさつに応える部員たちの声が、うんざりしているように感じた。

午後六時。ミーティング終了。今日はこれで終わり。

予想どおり、全体練習は嫌な雰囲気だった。佐川くんがほかのパートの欠点をズバズバと指摘し、それにカチンと来たリサたちが嫌味を返す、という具合で。

わたしが仲裁に入ると、佐川くんは正論でわたしを言い負かそうとし、リサたちは睨んできた。そんなことが二度ほどあったあと、わたしは仲裁に入るのも嫌になってしまった。

逆にミーティングでは、誰も意見を言わなかった。みんな「言っても無駄」というあからさまな態度を示して。

ひとりになりたい……。

これほど切実に、そう思ったことはない。みんなと一緒にいることが、こんなに負担になるなんて。

駅まで数人ずつグループになって、何事もなかったように話しながら歩いてきた。日が長い今の時期は、午後六時を過ぎてもまだ昼間と変わらないくらい明るい。今日は梅雨の晴れ間で雲ひとつない夏晴れだから、いつもよりも余計に。

歩きながら話すのは受験のこと、アイドルの話、夏休みの予定。部活の話題を慎重に避けるように。それぞれの話題に適切に返事をし、適度に笑い、感心した顔をする。そうしている最中も、ずっと胸の中はもやもやとして落ち着かない。

『誰か助けてよ！』

なにを、どう助けてもらいたいのか分からないけれど、心の中で必死に叫ぶ。でも、表面上は笑顔を絶やさず……。

改札を抜ける直前、笑顔で会話を続けることにどうしようもなく耐えられなくなった。麻美のことまで拒否することに後ろめたさを感じたけれど、勇気を振り絞って口に出した。

「あ、ごめん、麻美。わたし、本屋に寄るんだった。先に行ってて」

わたしが降りる駅に本屋がないことは麻美も知っている。けれど、突然口にした用事を麻美は信じてくれるだろうか？

定期を持つ手が震えている。

顔が引きつっているのが分かる。

まっすぐに麻美を見られないので、肩にかけたスクールバッグの中をガサガサと探すふりをした。

「いい参考書があるって教えてもらったんだ。確かメモが……」

「一緒に行こうか？」

麻美が無邪気にたずねた。

——こんなに仲よしの麻美でも、わたしの気持ちを理解してはくれない。

そう思うとますます悔しく、そして悲しくなって、笑顔をつくるのが難しくなる。

「いいよ、大丈夫。すぐに見つかったら、同じ電車に間に合うかもしれないし」

「そう……？」

「うん、急いで行ってくるね。じゃあね」

どうにか笑顔をつくって手を振る。駅に隣接するショッピングセンターへと小走りに向かいながら、涙がこぼれないように深呼吸をした。

——やっちゃった……。

麻美とまで一緒にいるのが辛いと思ったのは初めて。解放感と一緒に、罪悪感も少し。けれど、後悔はしていない。

本当に買う予定があったわけじゃないけれど、アリバイづくりのためにと思って本屋に行った。

駅のショッピングセンター二階にあるここの本屋はそれほど大きくなくて、通路に沿って細長い。改札口側の入り口から入ると左側に雑誌と趣味の本があり、右側に文房具売り場。文房具売り場の隣が参考書のコーナーになっている。最終下校の時間なので、うちの学校の生徒の姿もちらほら見える。

うちの部員はいないよね……？

部員と一緒にいるのが辛くて逃げてきたのに、またここで一緒になったりしたら立ち直れない。

そろそろと本棚の間を抜けて、【高校参考書】の表示のある棚へ向かう。

手前の棚の向こうに男子の後ろ姿が見えるけど、うちの部員にあんなに大きなひとはいない。でも、見覚えがあるような……。

——やっぱり。

近付いてみて、思わず小さく微笑んだ。

龍野くんだった。

熱心に物理の参考書を開いて見ている。大きな体と真面目な顔。その表情に揺るぎのない安定感が漂っていて、ほっとする。

「今まで自主練？」

ためらいなく隣まで進み、声をかけていた。いつのまにか生まれていた龍野くんへの親近感に、自分でも少し戸惑う。驚いた表情でぱちぱちと瞬きをしながらこちらを向いた龍野くんの様子が可笑しくて、戸惑いはすぐに笑いに変わった。

「なんだ、駒居か。いや、もう少し早く上がったんだけど、図書館に寄ってたから」

「図書館？」

図書室、の聞き違い？

「通学路の途中にあるだろ？　知らない？」

「え……？　ああ、そういえば……」

矢印のついた看板が立っていたっけ……。

「龍野くんって、本、よく読むんだね」

「うーん……、まあ、そうかもな。でも、偏《かたよ》ってるよ。登山の本ばっかりだから」

「ふうん」

「今日はひとりなのか？」

「え？」

唐突な質問。

「ほら、ブラバンって、いつも女子が固まって帰ってるだろ?」

「ああ……、うん、駅まで一緒に来たよ」

答えながら、さり気なく目をそらす。そのまま参考書の棚に並んだ背表紙を目で追って。そんなわたしを数秒見ている気配のあと、龍野くんの落ち着いた声が聞こえた。

「……そうか」

その静かな声にほっとした。突っ込んでたずねられなかったことにも。それから龍野くんは口調を変えて、

「物理の参考書?」

明るく問われたのは、当たり障りのない話題。わたしが部活の話をしたくないことに気付いたのだろうか?

「うん、まあ……。なにか使ってるの、ある?」

「そうだな……」

一冊ずつ取り出して見比べながら、一緒にああでもないこうでもないと言い合う。思うままに自分の考えを言えて、意見が違っても単に好みの問題として片付けられる話題と、それが許される相手の、なんと気楽なことか。

結局、買わずに店を出ながら、いつの間にか嫌なことを忘れていたことに気付いた。

「駒居は家どこ？」

改札口を抜けながら龍野くんが口を開く。

「南鵜川《みなみうがわ》。この線で烏《からす》が岡《おか》から七つめの駅。龍野くんは？」

「俺は烏が岡で鯨崎《くじらざき》線に乗り換えて、渡《わた》り浜《はま》。急行で三つ」

「じゃあ、烏が岡まで一緒だね」

男の子とふたりで電車に乗るのは初めてだけど、龍野くんなら気にしなくていいかな。ちっとも気後れしないし、龍野くんも気にしてないみたいだし。たった三駅だし。

ホームに降りると日が落ちるところだった。

夕焼けはまだこれからなのか、太陽の周りは白っぽくてまぶしい。風は止まっていて、少し蒸し暑い。

ホームには、うちの生徒はひとりも見当たらなかった。最終下校の帰宅ラッシュは過ぎたらしい。生徒以外も数えるほど。この時間になると、住宅街にあるこの駅は、乗るひとよりも降りるひとが圧倒的に多くなる。

電車を待ちながら、自分たちの家の最寄り駅の話題で時間をつぶす。

「ファーストフードなんか一軒しかないんだよ。友達とおしゃべりしようとしても、コンビニの前か公園が普通なんだから」

「じゃあ、うちのほうが栄えてるかも。ファーストフードは二軒あるから。だけど、夏になるとめちゃ混みでさあ。海岸が近いから、そのひとたちでいっぱいなんだよ」

「ああ、渡り浜って、海水浴場だっけ？」

「そんなに大きくないけどな。俺の家は海からは少し引っ込んでるけど、海に行くときは、海パンで自転車に乗っていく」

「いいねえ。『暑いからちょっと行ってくるよ』って泳ぎに行けるんだ」

「うん、そんな感じ」

到着した電車はちょうど席が埋まるくらいの混み具合。わたしたちはドアの前に並んで場所を確保した。龍野くんはバッグを足の間の床に置いてドアに寄りかかり、わたしはドア横の手すりにつかまる。

車内で効いている冷房が気持ちいい。

動き出した電車のドアのガラス窓から見える街並み。見慣れている景色なのに、なんとなく見入ってしまう。

駅前の自転車置き場、その向こうに並ぶ屋根の色、遠くのビルの形。間違い探しのように、過ぎていく景色を確認していく。

「部活、揉めてんのか？」

龍野くんの声が聞こえて、はっとした。いつの間にか意識が飛んでいたのだろうか。

「あ……、まあ……、そうなんだよね」

驚いて慌てたせいか、ごまかすことができなかった。そしてそのまま、龍野くんになら少し弱音を吐いてもいいかな、と思った。

「なんていうか……、三年生が二つに分かれちゃって、それが練習中にぶつかってね。ここのところ毎日」

素直に話したら、またため息が出てしまった。

「人数が多いと大変だな」

「うん……。それでも先輩たちはちゃんとやってきたのにね」

「集まってるメンバーが違うんだから、いつも同じっていうわけにはいかないだろ？　駒居は部長なんだっけ？」

「そうだよ。でも、全然役に立ってない。みんなから、〝役立たず〟って思われてるよ、きっと」

自分で口に出した言葉に胸をえぐられたような気がした。本当のことだと思うから。

「なんか言われたのか？」

「うん……、こうなったのは、わたしがはっきり言わないからだ、って。それに、仲裁に入るとどっちからも睨まれるんだよ……」

ああ、口に出すとまた落ち込んでくる……。

「べつに、いじめられてるわけじゃないんだけど、そういう態度を取られると傷付くよ。ああ憂鬱……」

「しっかり者だと思ってたけど、案外弱気なんだな」

龍野くんの言葉に、少し腹が立つ。

「しっかり者なんかじゃないよ。みんな勝手にそう思ってるだけ」

「そう、か?」

不機嫌な顔でちょっと強く言ってしまったので、龍野くんがたじろいだ。申し訳ない気がしつつも気持ちが静まらなくて、外を見ながら愚痴を続けてしまう。さっきよりも日が沈んで夕焼けが綺麗なのに……。

「そうだよ。思ってるっていうより、部員たちにとってはそう思ってるほうが便利だから、そう言ってるだけ。そう言って、嫌なことをわたしに押し付けてるんだよ。自分じゃなければ、誰だっていいんだよ、みんな」

「そんなことないと思うけどな」

「ううん、そうなの。間違いなく」

麻美だって言ったんだから。『部長なんだから仕方ない』って。

思い出すと、今でも悲しくなる。

誰にもわたしの気持ちは分からない。

誰も、わたしの味方になってくれない。

「そうか」

ふっと聞こえた龍野くんの穏やかな声に、いつの間にか体に入っていた力が抜ける。するとー緒に怒りが抜けていったような気がした。ああそうか、わたしはみんなに怒っていたんだ……。

「大変だな」

たったひとこと。なのにほっとする。

こんなふうに穏やかに返してくれるときの低いハスキーな声には、癒しの効果があるのかも。

「うん……」

ドアに肩で寄りかかったら、ワイシャツを通して伝わってくる冷たさが気持ちよかった。

それから、授業のことや進路のことを話した。女の子同士で話すよりもゆっくりめのペースで交わす会話は、わたしの気持ちを静めてくれた。

「じゃあな」

と降りていく龍野くんに穏やかな気持ちで頷いたあとは、暗くなり始めた外の景色をぼんやりとながめながら電車に揺られていた。

そして、龍野くんとの会話を頭の中で何度も思い出していた。

我慢と龍野くんの良心

龍野くんとの時間で取り戻した穏やかな気持ちは、翌日の午後まで続いた。けれど、いざ音楽室に行くと、やっぱり気分が重くなった。

全体練習が進むにつれて緊張感が高まって、終わる頃にはわたしもつい口調が険しくなってしまった。

それを自覚しながら抑えられない自分に腹が立って、落ち込んでしまった。

帰り道では、落ち込んでいることを隠すためにわざとはしゃいで、それにまたイライラした。誰もが当たり障りのない会話をしていることには嫌気がさした。

鳥が岡で麻美が電車を降りてひとりになったとき、ほっとしている自分が妙に悲しかった。

そして……今日も落ち込んだ気分のまま。でも、誰も気付かない。気付かれないように、元気に振る舞っているから。

笑顔であいさつをして、普段どおりの会話。

けれど、心の中は梅雨の空と同じ重い灰色。

朝もお昼も食欲はないけれど、お母さんやクラスメイトにあれこれ訊かれるのが嫌で無理やり食べた。ときどき泣きたくなると、トイレに行って深呼吸。吸って、吐いて、吸って、吐いて。

もしも思い切って泣いたら、絞ったあとの雑巾みたいに心が軽くなるのだろうか？　自分が落ち込んでいることを見せないようにしているのに、誰も気付いてくれないことが悲しい。そんな矛盾している心に、また落ち込む。

昼休みが終わる頃、部活の時間が近付いたと思ったら息苦しくなってきた。胸がざわざわして、とても嫌な感じ。

こんな調子だと、耐えられないかもしれない……。

浮かんだ予感に不安がふくらむ。自分の心が壊れてしまうような気がして怖い。

「なんだか手がベトベトする。お弁当のソースが付いてるのかも。洗ってくるね」

わざとらしい言い訳をしつつ、みんなから離れて廊下に出た。

昼休みの賑やかな廊下を歩いていると、辛いのは自分だけのような気がして、孤独な気持ちになる。

「ふう……」

またため息だ。

誰かに話しかけられるのが嫌で、窓側の端に寄り、下を向いて足早に歩く。これならみんな、わたしが急いでいると思ってくれるだろう。

――あ。

わたしの目の前で紺のズボンが立ち止まった。

「ごめんなさい」

ぶつかりそうになったせいだと思って、避けるために廊下の真ん中方向へと一歩踏み出す――と。

「――のか？」

横をすり抜けようとしたときに聞こえた声に、足が止まった。

「え？　あ……」

顔を上げたら、龍野くんだった。

前から歩いてきた女子を通すために、慌てて一歩下がると龍野くんと向かい合う形になって……。

「大丈夫か？　ちゃんとメシ食ってんのか？」

ぼんやりと顔を見上げていたわたしに、龍野くんが少しゆっくりと言葉を繰り返した。

それをもう一度頭の中で繰り返し、一瞬考えてから、自分が食事をしていないように見えたのだと気付いた。それほどあからさまに元気がなかっただろうか？

「……うん、もちろん。ちゃんと食べてるよ」

頷きながら、笑顔をつくった。心配させたくなくて。けれど同時に視界がぼやけてきて……。

「え、と、手を洗いに行くところなの。またね」

両手を龍野くんの顔の前に広げてみせて、急いでその場を離れた。

瞬きで涙を隠しながら、今の龍野くんの言葉と表情を何度も思い出す。今、わたしは龍野くんに「全然大丈夫じゃない」と言ってしまいたくなっていた。

その日最後の授業は物理だった。

龍野くんと交わした短いやりとりにすがるような気持ちで五時間目を乗りきり、ほっとしながら選択教室へ向かう。

クラスの仲よしグループでは、物理を取っているのはわたしだけ。彼女たちと離れていれば、無理をして笑っている必要はない。

それに、物理の授業には龍野くんがいる。ちょっと顔を見るだけでも落ち着くような気がする。龍野くんで落ち着いたら、部活に出る元気も出そうな気がしたけれど。

早すぎた……。

物理の教室に着いても、龍野くんは来ていなかった。

落胆の度合いが予想以上に大きい。自分の席に向かう足取りが少し鈍る。それでも、無理に笑顔でいる必要がないから、気持ちが楽なのは間違いない。

席に着いたら、今度はなんだか落ち着かなくなってしまった。そわそわした気分で教室の入り口を見てしまう。でも、あんまりじっと見ていたらまるで龍野くんを待っているみたいだ。そんなことをされたら、龍野くんは困ってしまうかも。わたしが龍野くんに……なんていうか、期待のような圧力をかけてる感じがして。

うん、そうだよね。

龍野くんは誰にでも気さくに話しかけるひとだから、わたしのことだって特別じゃない。それはちゃんと分かってる。

わたしだって、龍野くんに特別な気持ちを持っているわけじゃない。ただ話しやすい男の子っていうだけで。それと、あの低い声がほっとするから。

でも、あんまり頼りすぎないようにしなくちゃ。

話すとほっとするのは本当だけど、だからってそれに頼ってばかりいるのは変だし、申し訳ない。部活の問題はわたしの問題で、龍野くんには関係がないんだから。

そう自分に言い聞かせて、教室の入り口から目をそらした。頬杖をついて、前回までのノートをパラパラとめくりながら時間を潰す。

大きな話し声と笑い声が聞こえて、龍野くんが教室に入ってきたのはチャイムとほぼ同時だった。隣で席に着く音が聞こえても、わたしは顔を上げなかった。

授業中、何度か見られているような気がしたけれど、授業に集中して気付かないふりをした。

龍野くんを頼り過ぎちゃいけない――。

そんなふうに気持ちを固めたせいか、今日は放課後に音楽室に向かう足取りに迷いがない。べつに、なにかを決心したわけじゃない。なんていうか……、諦めのような、なげやりのような、どうでもいい感じ。

〝心が空っぽ〟っていうのは、こういう状態のことなのかもしれない。怒りも悲しみも、……楽しささえもない。声を出すことも億劫だ。廊下で一緒になった麻美の話に笑ってみせながら、実際は最低限の言葉しか返していない。

金曜日は個人練習の前に走ることにしているけど、今日は雨なので中止。さっさと荷物を置いて、楽器と譜面台を持って音楽室を出る。部長のわたしがなにも言わなくても、みんな各自でちゃんとやってくれる。

今日、わたしが音楽室に着いてからひとことも話していないことに、誰も気付いてなんかいないんだろうな……。

勝手に空しい気分になりながら、いつもの練習場所へ向かう。今日は雨が降っているけれど風はないから、窓を開けても大丈夫だろう。

あそこに行けばひとりになれる。ただそのことだけを考えながら階段を降り、廊下に出たら――突き当たりにひとがいた。

雨の日の薄暗さのなか、電気も点けずに立ったまま壁に寄りかかって本を読んでいるらしい男子生徒のシルエット。

そんな……。

お気に入りの場所にひとがいることに、動揺してしまう。

今まで、ここにひとがいることなんて一度もなかったのに。

ここはわたしだけの場所だったのに。

なにもかもが上手くいかないような気がしてきて、泣きたい気分になる。

〝気分〟だけじゃなかった。じわっと目元が熱くなりはっとした。

くるりと反対方向を向いて、どこか見られない場所へ行こうとしたとき、

「駒居！」

今、わたしの名前が呼ばれた？

後ろ向きで足を一歩踏み出したまま考える。低く響く声は……。

何秒か目を閉じて、あふれそうな涙を止める。目が赤くないようにと祈りながらそうっと振り返る。

「龍野くん……？」

ゆったりとした歩調と笑顔で近付いてきたのは龍野くんだった。

「ここで待ってれば、来ると思って」

穏やかな低い声で龍野くんが言った。

わたしはその意味を図りかね、右手のトランペットと楽譜を胸に抱き締める。

いつもの廊下。自転車置き場と体育館が見える窓。

外は雨で、今日は自転車置き場に来る生徒はいないけど、わたしがここで練習をしていることを知っている生徒は多いはず。特に校内を歩きまわっている登山部のひとたちならなおさら。でも……。

「あの……？」

なにを言われるんだろう？　わたし、なにか失礼なことをした？

もしかして昼休みのことだろうか。心配してもらったのに、会話を切っちゃったみたいになったから。

「俺、考えてたんだけど……」

そこで龍野くんは少し迷い、それから気楽な様子で軽く微笑んだ。

「駒居って、男と出かけたら怒るヤツいる？」

男と出かけて怒るひと？　わたしに？

「え？」

状況をつかめずにぼんやりしていた頭が、今度は猛スピードで動き出した。

「それって……わたしに彼氏がいるかってこと？」

「まあ、そうかな」

驚き、うろたえているわたしと対照的に、龍野くんは落ち着いて答えた。

「い、いいえ、いませんけど」

その質問はどういう意味？　とは訊けない。

でも、ひとのいない場所でわたしを待っていた龍野くん。それはひとつの可能性を頭に浮かび上がらせるには十分な気がして……。デートに誘われてるの？　と考えたところでかあっと頬が熱くなる。

『いやいやいやいや、そんなことが起こるわけないよ。それに、龍野くん、ものすごく落ち着いてるし』

頭の中で自分に言い聞かせても、鼓動が大きくなるのは止められない。頬の熱も引かない。けれど、動揺している理由が勘違いだったらすごく恥ずかしい。

だからできるだけなんでもないふりをして、龍野くんを見つめる。

「じゃあさ、日曜日に出かけない？」

出かけるって言った！

ってことは、やっぱりそうなの!?

でも、気持ちを伝えられたわけじゃない。それらしい話ではあるけれど、絶対に確実とは言えないので返事に困る。

首を傾げて迷っているわたしを見て、龍野くんは「ああ！」と明るく頷いた。

「ごめんごめん。デートに誘ってるわけじゃなくて」

——え？

驚くわたしの前で、龍野くんは今頃になって照れたように頭を掻いた。

「ストレス解消に行かないかなー、と思って。フィールドアスレチックって知ってる？」

「名前だけなら聞いたことあるけど……」

期待……じゃなく緊張した分、一気に脱力。でも、ストレス解消なんてどうして突然？

「うちの近くにあるんだよ。なんだか駒居さあ、今週になってから、見るたびに具合悪くなってるよ。さっきの物理の時間なんか、顔、真っ白だったぜ」

ギュッと心臓が縮んだ。気付かれないようにしていたつもりだったのに。

「そうだった……かな？」

元気がないこと、心配してくれたんだ……。

胸の中が温かくなった。

気付いてくれたことが嬉しい。

心配してくれたことも嬉しい。

龍野くんの優しさを噛みしめるように目を閉じて、深く息を吐いた。

「部活のことなんだろ？」

少しトーンを落とした声に、龍野くんの気遣いを感じる。固まっていた辛い気持ちが緩んで、鼻の奥がつんとする。

「うん……」

「誰にも相談できないでいたんだろ？」

「うん……。なんとなく、言えなくて……」

不思議だ。龍野くんには素直に言える。信じていい相手だと、心が感じてる。

「やっぱりな」

小さくため息をついた龍野くんをそっと見上げると、呆れたように笑っていた。

「駒居って真面目すぎて、ひとつのことばっかり考えるタイプだろ？　息抜きとかしてんのか？」

「息抜き？　音楽を聞いたりはするけど……」

「ほら見ろ。じっとしてるから、気持ちも動けなくなるんだ。辛いときは、体を動かさなくちゃダメだ」

「……そう？」

「そう！　無理にでもなにかする。それが一番！」

あまりの力説に、思わず笑ってしまう。

「ふふ。それは龍野くんだからじゃないの？」

「そんなことないだろ。誰にだって効くはずだ」

そう言って胸を張る龍野くんに気持ちが和む。とは言え、心配してもらっているからといって、どこまでも頼るわけにはいかない。

「ありがとう。でも、大丈夫だよ」

「なんで？」

「だって……、そんなにお世話になるのは悪いから」

「『悪い』って……、うーん、そうか？」

「うん」

頷くと、龍野くんは真面目な顔でしばらく考えていた。それからパッと明るい顔になって言った。

「少し前、俺、本を読んだんだ。『ハックルベリイ・フィンの冒険』。知ってる？」

「ハックルベリイ……、トム・ソーヤーの？」

「そう。『トム・ソーヤーの冒険』のあとの話。俺、普段は物語ってあんまり読まないんだけど、図書室の雪見さんに紹介されてさ」

「図書室の雪見さん？　誰？」

「新しく来た司書だよ。始業式で紹介されてたけど？」

「そうだっけ？」

全然記憶になくて申し訳ない。龍野くんにも、その雪見さんにも。

「うん。まあ、そのひとにちょっと『名作と呼ばれる本は本当に面白いのか？』みたいなことを言ったんだよ。そしたら、自分はこれが好きなんだけどって出してくれて」

「へえ」

誰にでも気軽に話しかけるところは、いかにも龍野くんらしい。

「その本は確かに面白かったよ。俺に合ってたっていうか」

笑顔で龍野くんが続ける。

「で、その本はさあ、主人公のハックが筏《いかだ》でミシシッピ川を下る旅の話なんだ」

「……うん」

話がどこにつながるのかまったく分からない。でも龍野くんの話なら、ちゃんと聞いてみたいと思う。

「ハックはもともと浮浪児で、町の普通のひとの暮らしとか父親の暴力が嫌で、自由が欲しくて旅に出たんだよ」

暴力は分かるけど、普通のひととの暮らしまで嫌だなんて、筋金入りの浮浪児だ。

「だけど、ハックはひとりじゃないんだ。逃げ出した黒人奴隷のジムが一緒なんだよ」

「黒人奴隷?」

そういう時代の話なんだ。

「そう。自分が売られそうになって逃げてきたんだ。でも、その頃の奴隷って雇い主の財産だったらしくて、その逃亡に手を貸すのは、他人に損害を与える行為ってことになるらしいんだ。最後のほうでそれに気付いて、ハックは悩むんだよ」

「悩むって?」

「ジムの居場所を知らせて、持ち主に財産を返すべきか、ジムをこのまま逃がすか。ジムを逃がすことは、ハックも罪を背負うって意味なんだ」

「ああ……そうか……」

龍野くんの話に引き込まれる。ハックの悩みも気になるし、龍野くんがどうしてこの本のことを持ち出したのかも知りたい。

「で、最終的に、ハックはジムを逃がすことに決めるんだよ。持ち主に返したら、ジムは家族から遠いところに売られてしまうから。それに旅の間、ジムがハックをかわいがって面倒をみてくれたことを思い出して、世間の決まりよりも、自分の良心に従うことにしたんだよ。ハックはそれを〝良心〟だとは気付いていないけど」

「自分の良心……」

「そう。俺、あの本ではそこが一番気に入ったんだ」

龍野くんがにっこりと笑う。

普通のひとならその笑顔は〝微笑む〟程度かもしれないけれど、つくりが大きい龍野くんの顔は、口の動きも大きい。だから〝微笑む〟では表現が控えめすぎる。

「だから、俺も自分の良心に従おうと思って」

「龍野くんの良心？」

「そう。駒居がさ、無理してるみたいだから」

「あ……」

軽い言い方だったけど、その笑顔と気持ちに胸を衝かれた。

「俺なんかが出しゃばらなくてもいいのかもしれないけど、なんか、見るたびに具合が悪くなってるのは見ていられないから」

龍野くん……。

「放っておいて、気付いたら学校に来られなくなっていた、なんてことになったら、後味悪いし。これから受験もあるしな」

放っておいたら後味が悪いから？

龍野くんの良心が、見ていられないから？

「一緒に出かけたら誤解するヤツもいるかもしれないけど、今、駒居は助けが必要だと思う。だから手を貸す。純粋に、俺の良心の問題。どう？」

緊張が解けていく。自分の周りの硬い殻がほろほろと崩れていくような気がする。

――ありがとう。

お礼を言いたいのに、声にならなかった。その代わりに出たのは、なんともかわいくないひとことで。

「つまり、わたしは逃げ出した奴隷？　で、龍野くんがハックルベリイ？」

それを聞いて、龍野くんはニヤリと笑った。

「駒居はまだ逃げ出してないだろ？」

「逃げ出す寸前だよ」

情けない気分で言うと、龍野くんが声をあげて笑った。

それを見てわたしも笑い、日曜日に会う約束をして、龍野くんは去っていった。

その日の全体練習も、翌日の土曜練習も、やっぱり空気は重かったけど、日曜日のことを考えたら乗り切ることができた。そして、紹介してもらった登山の本も最後まで読み切った。

小さなドキドキと不満

約束の日曜日。

朝起きたら、雨だった。

でも、昨日の天気予報では午後には止むと言っていたし、龍野くんは屋内の施設もあると言っていた。

それに、なによりも、わたしは龍野くんの連絡先を知らない。金曜日に約束をしたとき、連絡先の交換をすることをどちらも思い付かなかったのだ。だから、行くしかない。

龍野くんが言っていたフィールドアスレチックは、渡り浜海岸のはずれの姫《ひめ》ケ《が》崎《さき》という岬にある。海岸から岬のある丘までの一帯が県立公園になっていて、その一画に更衣室やシャワーも備えたフィールドアスレチックがある……と、昨日、ネットで調べて知った。

更衣室やシャワーがあるということは、汚れるか、汗をかくということ。つまり、着替えを持っていかなくちゃいけない。

龍野くんからは行き先と待ち合わせの場所と時間だけしか聞かなかったので、ネットで確認したのは正解だった。

情報が少ないことも、連絡が取れない状態なのも、とても龍野くんらしい気がして可笑しかった。それに、その程度の気の遣われ方が、わたしには気楽でちょうどよかった。

昨日の夜に選んだ服は、白い半袖シャツと紺色のタンクトップ、それにジーンズをロールアップで。

これに赤いスニーカーをはいていく。着替えを入れた大きめのバッグには、タオルと念のため日焼け止めも入れた。

まるで遠足に行くみたい、なんて思ったら、お弁当のことが気になった。けれど、お弁当が必要なのは龍野くんだって同じこと。だったら、会ってからでも間に合うかな、と脇に置いた。

待ち合わせは、九時半に姫ケ崎駅。龍野くんの家のある渡り浜駅のひとつ先。

烏が岡で乗り換えて、急行で渡り浜まで行き、各駅停車に乗り換え。少し面倒だけど、それがまた遠足気分を盛り上げてくれる。ただ、長い傘が邪魔だ。

姫ケ崎駅で降りたとき、ホームを歩く数人の中に大柄な男の子の後ろ姿が見えた。

龍野くんかな……？　隣の車両に乗っていたのだろうか。

あの後ろ姿はたぶん龍野くん。大きな肩にリュックを担ぐシルエットにも見覚えがある。でも、今まで制服姿しか見たことがないから、前を歩く私服姿に確信が持てない。

迷いながら速さを合わせて歩いていたら、改札口へ下りる階段の手前で、そのひとが左右を見回してから振り向いた。「あ」と思った途端、目が合って、日焼けした顔が白い歯を見せて笑った。

その瞬間、思わず息を飲んだ。龍野くんの笑顔がいつもより爽やかに見えて。その笑顔を「いいな」と思った自分の反応が照れくさくて。

「おはよう」

急いで追い付いて、隣に並びながら笑顔であいさつをする。でも、笑顔に自信がない。緊張してきてしまったから。

だって、今日の龍野くんは学校で見るのと全然違う。水色のシャツにジーンズ、そしてスニーカー。特におしゃれをしているようではないその組み合わせが……とても似合っている。そこに並ぶ自分のありきたりな服装がどう見えているのか気になり、一緒に歩く気恥ずかしさもあって困ってしまう。

「俺、着替えがあったほうがいいとか、昼メシのこととか、なにも言わなかったよな？ごめん」

けれど、申し訳なさそうに言った龍野くんを見て、少し安心した。服は違っても、いつもの龍野くんと同じだ。

「大丈夫。ネットで確認して、着替えは持ってきたから」

「そうか。よかった。電話番号とか訊かなかったから、どうしたかなーと思って」

「ふふ、そうだよね。わたしも、中止の相談ができないから、台風が来ても行かなくちゃって思っちゃった」

「そうだよなあ」

苦笑いしつつも、龍野くんは、「じゃあ連絡先を教えて」とは言わない。わたしもなんとなく言い出せない。この微妙な距離は、どう考えたらいいんだろう？

「昼メシはコンビニで買っていこうと思うんだ。向こうの展望フロアで食べられるはずだから。いいか？」

「うん」

わたしの微かな気後れには気付かない様子で、龍野くんは話し続ける。それを見ていたら、小さなことをいちいち気にしている自分が馬鹿みたいに思えてきた。

龍野くんは友達として接してくれているんだから、わたしもそうすればいいんだ。麻美やクラスの女子と話すように、遠慮なくなんでも言ってしまおう。だって、今日はわたしのストレス解消が目的なんだから。

コンビニでサンドイッチやおにぎり、飲み物を買って、雨の中を歩く。雨はしとしとと降っているけれど、風がないので服はそれほど濡れなくて済んだ。

確か、ネットでは公園まで十五分くらいだと書いてあったけど、丘の上にあってずっと上り坂だということには、ネットの地図では気付かなかった。半分も行かないうちにわたしの足取りは重くなる。龍野くんについていくので精いっぱいだ。

「ほら、荷物貸せよ」

息が切れて黙りがちになったわたしに、龍野くんが手を伸ばす。

「うん……、ごめん！」

頭を下げて荷物を差し出すと、笑って受け取ってくれた。そして、半ば呆れたような、からかうような顔をする。

「ブラバンはよく走ってるけど、駒居は体力ないなあ」

「そりゃあ、登山部と、比べたら、ないに決まってるよ」

苦しくて、発する言葉が途切れ途切れになってしまう。情けない！

「そうか？　そう言えば、運動も苦手そうだったな。今日は無謀だったかも」

「え？　アスレチックって、小学生だって、来るところでしょ？　それくらい、わたしだって、大丈夫だよ」

休んでからだけど、と、心の中で付け加えた。

「うーん、そうか？」

「そうだよ。それに、『運動が苦手』って言うけど、見たことないでしょ、クラスが違うんだから」

「見たこと？　あるよ、この前の球技大会で」

球技大会。それは……。

「駒居、バスケでヘディングしてただろ。驚いたなあ、あれは。キャッチするふりをしてヘディングだもんなあ」

そう言ったあとに、その場面を思い出したらしく龍野くんは「プッ」と吹き出した。

「あれは……笑い事じゃないよ。ものすごく痛かったんだからね！」

「ああ、やっぱり痛いのか。俺は、もしかしたら部活のために指を怪我しないようにしてるのかと思って、ちょっと感心したんだけど」

ふんっ！

「だとしたら、それはわざとやってるってことでしょ？　運動が苦手っていう証明にはならないよ」

「そうだな。あははははは！」

おおらかな笑い声は好きだけど、今は悔しい。あとで絶対に仕返しをしてやる。

「ああ、あそこだ」

ようやく頂上に近付いて、目的の建物が見えてきた。丸太やロープを組んだアスレチックの遊具が並んでいる横に、白いコンクリートの大きな建物がある。

「三階が展望フロアで、一階と二階に屋内の遊び場があるんだ。更衣室とロッカーは地下」

「よく来るの？」

「中学の頃までは、友達としょっちゅう来てたよ。今日は雨だから、ひとが少ないな」

龍野くんの視線を追って左の方を見ると、広い駐車場には三台しか車がなかった。

建物の受け付けで入場料を払って、鍵のついた腕輪を受け取った。ロッカーはこの鍵で何度でも開け閉めできるらしい。

スニーカーをビニール袋に入れて持ち、龍野くんのあとについて中へ。更衣室に行く前に、龍野くんが「ちょっと覗いてみよう」と言って大きな扉に手をかけた。開けると同時に小さい子どもの笑い声が聞こえてきた。

一緒に覗くと、中はそれまでの白っぽい内装とは打って変わって、木造の部屋だった。広さは学校の体育館の半分くらいだろうか。天井はふきぬけになっており、二階は三分の二くらいまでしか床がない。微かに冷房が効いていて、空気がさらっとしているところは体育館とは全然違う。

複雑に組まれた角材のオブジェや、丸太を斜めに並べた階段、二階の床の一部に張ってある網、垂れ下がるロープ。二階に上がるのも、螺旋階段以外に、斜面を登ったり、ロープや棒を使ったりするらしい。幼稚園くらいの男の子が大人に見守られながら、チューブ状の滑り台から降りてきた。

「できそう?」

その声に龍野くんを見上げると、またニヤニヤしている。

「当たり前でしょ。あんなに小さい子だって遊んでるじゃない」

「そうか。じゃあ、着替えに行くか」

まだ笑いをこらえるような顔をして、龍野くんが言った。

「あ、でも、ここなら汚れないような気がするけど……」

室内をながめながら迷う。着替えるのって面倒だし……。

「汚れないけど、汗はかくぞ。それに、その服だと中が見えるかも」

中!?

慌てて自分の胸元を見下ろす。

シャツのボタンは三つめまで開いていて、中のタンクトップは襟ぐりが広い。確かに屈んだら見えるかな……と、その場で確認しそうになってやめる。

「そ、そうだね。龍野くんが気が散って怪我したりすると悪いから、着替えることにするよ」

「そうだな。あははは!」

ふん！と唇を突き出しながら、気持ちは複雑だ。あんなふうになんでもない言い方をされるなんて、やっぱりわたしは女の子として見られていないんだ、と分かるから。

ほっとするけど、ちょっと不満。

女の子の心は微妙なんだってこと、全然分かってないんだな。

大丈夫かな……？

更衣室の鏡の前でチェック。

着ているのは、ゆったりしたダークグレーの七分丈パンツとベビーピンクのポロシャツ。室内で靴は履かない決まりになっているそうなので、足にはスニーカーソックス。ロッカーの鍵のついた腕輪の赤が、ちょっとしたワンポイントになっている。あごのあたりで切ってある髪は、雨の日の湿気でまとまらずにもさもさしている。

まあ、こんなものか。

自分の運動能力と見合うように、気合いの入った運動着に見えないものを選んできた。ポロシャツの色は薄いけど、しっかりした生地なので下着は透けないはず。……なんてことを気にしても、龍野くんにはどうでもいいことなんだろうけど。

ペットボトルとタオルを持って更衣室から出ると、階段前の休憩コーナーに龍野くんが座っていた。

白いTシャツと黒い七分丈のトレパン。普段着っぽくてほっとする。

「おまたせ」

声をかけると龍野くんが振り返り、笑顔で頷いた。

『その笑顔は単なる返事？　それとも、わたしの服装にOKを出してくれたってこと？』

そんな質問をしたくなった自分に呆れる。

龍野くんの言葉や仕種に、いちいち意味を求めるなんて変だ。一昨日だって龍野くんは、わたしを誘うのは、純粋に良心の問題だって言ったんだから。くだらないことは考えないで、思いっきり遊ばなくちゃ！　と、思ったけど――。

はっきり言って、なめていた。アスレチックって、もっと簡単な、子ども向けのようなものだと思っていたのに。

もちろん、網の上を歩くとか梯子のような簡単なものもある。でも大半は、全力を出さないと登れなかったり、集中しないと落ちそうになったりする。いつの間にか来ていた小学生たちが、するすると動き回っているのが信じられない。

最初は小学生の前で本気を出すのが恥ずかしかったけど、そんな考えはすぐに捨てた。できないほうが恥ずかしいし、龍野くんに馬鹿にされるのは悔しい。

女の子なら、ひとによってはかわいく「できないよ〜」なんて言って甘えるのかもしれないけれど、わたしはそんなタイプじゃない。やってみせて、龍野くんを感心させたい。

とはいえ、体は思うようには動かず、コツも分からない。壁のような急斜面をロープをたぐって登る場所では、ロープを握ったまま、しばらく動けなかった。後ろで龍野くんが、「押してやろうか？」と言って、爆笑していた。

お返しに、ロープの網を渡るところでは、無理やり追い抜きながら揺らしてやった。

「危ない、やめろ！」

と焦った顔で言いながら、片足を網の穴に突っ込んでしまった龍野くんを思い切り笑った。

ときどき、先に行った龍野くんが手を差し出してくれることもあった。登ったてっぺんで、わたしを引っ張り上げるために。

手を握ることは、最初はさすがに迷った。けれど、ふたりの間に妙な気詰まりが生じてしまうのが嫌で、思い切ってその手を取った。

龍野くんの手は大きくて、力強くて、とても頼りになる。本人の性格がそのまま凝縮されているような手。

その手につかまれると安心する。〝大丈夫〟と言われているような気がする。

午前中の最後にオリジナルのコースを決めて、ふたりで競争した。小学生に負けないほどたくさん大きな声を出して、たくさん笑った。こんなに笑ったのは何日ぶりだろう。

お昼を食べるために三階の展望フロアに上ったときは、軽い疲れが心地よかった。

「わあ、海だ！」

展望フロアの広い窓の外にベランダがあり、その向こうには海が広がっていた。来るときは雨が降っていたから足元しか見ていなかったけれど、そういえばここは岬の上なのだ。海が見渡せて当然。

今は、雨は止んでいる。まだ太陽は見えないけれど、灰色っぽい海のところどころに、雲の切れ間から光がさしていた。

「来るときに見えた駐車場はあれ。駅は後ろの方だよ」

隣に立った龍野くんが示す方を見ると、左側に駐車場がある。その向こうに芝生の原っぱとバーベキュー場が見えて、ずっと先に砂浜があった。

「あっちが渡り浜海岸？」

「そう」

こんなに広い景色を見るのは久しぶりだ。

学校の校舎からも町を見渡すことはできるけど、その景色とは全然違う。建物なんかなくて、ただ海と空がずっと向こうまで続いているだけ。

ここでお昼を食べるひとはいないようで、展望フロアはわたしたちの貸し切り状態だった。窓の前の特等席を選び、丸いテーブルに買ってきたものを広げた。

午前中のことをお互いにからかいながら、お腹が痛くなるほど笑う。あんまり笑ってばかりだから、わたしのサンドイッチはなかなか減らない。なのに、同じように話したり笑ったりしている龍野くんは、あっという間におにぎり三つと焼きそばパンを食べきってしまった。

そんなことも可笑しくてまた笑ったら、龍野くんに「そんなに面白いか？」と呆れられた。

食べ終わってから、ベランダに出てみた。

手すりに腕を乗せて寄りかかると、少し湿気を含んだ潮風が耳元で優しく吹いた。目を閉じて頭を腕に乗せたら、のんびりと繰り返す波の音が少し遠く聞こえて眠気を誘う。

「気持ちいい……」

「……うん」

一拍置いて、隣から返事が。

今のはひとりごと？　それとも龍野くんからの返事を期待していた？

自分でもよく分からない。でも、龍野くんが隣にいることがあまりにも自然で、それ以外のことはどうでもいいような気がしてくる。

目を開けると、龍野くんも腕にあごを乗せて、ぼんやりと海を見ていた。

——ありがとう。

ふわっと感謝の言葉が浮かぶ。けれど、なぜか素直に口にできない。

でも、なにか伝えたくて、代わりに違うことを思い付く。これならきっと、龍野くんは喜んでくれるはず。

「わたしね、あの本を読み終わったよ。ほら、『アンナプルナ登頂』」

思ったとおり、龍野くんがこっちを向いてにっこりと笑った。

「龍野くんが言ったとおり、面白かったよ。苦労の連続でドキドキした。ちゃんと登れるのか気になって、眠いのにやめられなかったりしたの」

「だろ？」

嬉しそうな龍野くんを見たら、読んでよかった、と心から思った。

「あれを読みながらね、なんか、自分と似てるなあって思っちゃった」

「駒居と？　似てる？」

不思議そうに目を丸くする龍野くんに、自然と口元が緩くなる。

「うん。あの隊長さんがね、いろんなひとの寄せ集めのパーティの中で、いろんな意見を言われちゃうこととか、ひとりで責任を負わなくちゃいけないこととか」

「ああ。……なるほど。ブラバンの部長か」

「そう。そりゃあね、わたしは誰かの命を預かってるわけじゃないし、すごい期待を背負ってるわけでもないけど」

「うん。普通の高校生だもんな」

「そう。だけどね、思ったの」

もう一度海に目を向けて、あのときの気持ちを思い起こす。

「もしかしたら、自分は逃げてるんじゃないかって」

「逃げてる？」

「うん……。みんなによく思われたくて、対立することを避けてるんじゃないかって」

「ああ……、そういうのって、誰にでもあるよな」

少しハスキーな穏やかな声が、胸にゆっくりと広がる。龍野くんはいつも、わたしの言葉を受け止めてくれる。

——優しいね、龍野くんは。

浮かんだ言葉に、心の中でこっそりと笑った。こんなことを言ったら、龍野くんはどんな顔をするだろう？　驚く？　それとも笑い出す？

「でも、問題がなかったことにはできないんだよね」

「うん、そうだな」

龍野くんの声を味わうようにゆっくりと目を閉じた。

ふと、龍野くんにもっと近づいてみたい、という思いが頭に浮かんだ。

『なに考えてんの!?』

あまりにも馬鹿馬鹿しくて、自分で呆れてしまう。

おかしな考えを打ち消すために、龍野くんの方に向き直って明るく言った。

「ねえ。雨が上がったから、外のもやってみたいな」

「え？　外？」

龍野くんがベランダから下を覗く。この建物の前から右手にかけて、アスレチックの施設が点在している。

「濡れてると滑って危ないんだぞ」

難しい顔をする龍野くんは珍しいかも。

「そう？　じゃあ、見るだけでもいいけど」

「うーん、そうだな。一回りしてみるか」

「うん」

少しでも体を動かしたい。なにかしていないと、わたしは余計なことを考えてしまうから。

お日様と水しぶき

外に出てみると、龍野くんが予想したとおりだった。濡れた丸太は滑りそうで、ロープにはぐっしょりと水がしみ込んでいる。こんな状態では、元気な小学生たちもさすがに遊ぼうとは思わないらしい。外に出ているのはわたしたちだけだ。

「小学生の頃、網に座ってるうちに、ズボンのお尻からパンツまで濡れたことがあったよ」

龍野くんが笑って言った。お尻を濡らして慌てている小学生時代の龍野くんは簡単に想像できて、わたしも思わず笑ってしまった。

「見るだけでも」とは言ったものの、そばに行くとやってみたくなってしまう。歩きながらロープを握ってみたり丸太を叩いたりするわたしに、龍野くんが「やめとけよ」と注意したり「無理だってば」となだめるように声をかける。

そのときは「そうだよね」と思っても、また次の遊具を見ると遊びたくてうずうずする。そして比較的安全そうな低い平均台を見たとき、なにも言わずに乗ってみた。

ジグザグにつながった平均台は、平らで幅が広いから全然危なくない。でも、龍野くんは心配そうに隣を歩いてくれた。

そんなふうに、気にかけてくれていることがちょっと嬉しくて、もうひとつ、もうひとつと試したくなる。

もしかしたら、また少しテンションが上がってきているのかも。

アスレチックの敷地はけっこう広くて、遊びながらはずれまで行くのはかなり時間がかかる。その間に雲が晴れて、青い空に明るい太陽が輝き始めた。

光を受けて、残っていた雨のしずくがキラキラしている。

周囲の色がいつもよりもくっきりしているように見える。

湿度の高い空気と強い日差しでかなり暑くなってきた。見た目なんか気にしていられなくて、持っていたタオルを日除け代わりに頭にかぶった。

一番はずれには大小の池があり、小さい池には二列の飛び石が並んでいるのが見えた。もうひとつは学校のプールくらいの広さで、四本のドラム缶に板を乗せた筏《いかだ》が三つ浮かんでいる。

あれなら平気かも！

日差しで板の表面が乾いてきているような気がする。それに、あのくらい大きければ、龍野くんも一緒に乗れるんじゃないかな？

小走りに近付くわたしの後ろから、龍野くんが「滑って転ぶぞ！」と叫んだ。

まるでお母さんみたい。

心の中で笑いながら筏のそばまで行くと、思ったとおり、筏の平らな板はかなり乾いていた。先を輪にしたロープで筏は木製の船着き場の杭《くい》につながっている。船着き場の横に説明板が立っていて、長い棒で池の底を押すようにして動かしている図が描いてあった。大人でも三人くらいは乗れるらしい。

ぷかぷかと寄ってきた筏を足の先でちょっとつついてみたら、ゆらりと揺れて、本当に浮いているのが分かった。筏に乗せてある棒はちゃんと紐で筏につながっていて、間違って手を放しても回収できるようになっている。池を覗き込むと、底には水の影が映っている。学校のプールよりはだいぶ浅そうだ。

「乗りたいのか？」

声に振り返ると、龍野くんが渋い顔をして立っていた。たぶん、わたしには無理だと思っているんだろう。

「うん」

わざと無邪気な顔をして頷くと、龍野くんはため息をついた。

「止めてもやるんだよな」

「もちろん！」

そう元気に答えると、龍野くんは無言で筏のそばまで行き、筏をつないであるロープを持って離れていかないようにしてくれた。

「ありがとう」

元気な声を出してみたけれど、やっぱり少し怖くて、おそるおそる足を出す。端に乗ると揺れそうなので、なるべく真ん中に乗ろうと少しジャンプしたら上手く乗れた。足元を確認しながらまっすぐ立ってみる。

予想外の安定感。これなら遊べそう。

岸を見ると、龍野くんはロープを持ったまま立っている。わたしをひとりで行かせても平気かどうか迷っているらしい。

「一緒に乗ろうよ。棒も二本あるし」

龍野くんは疑り深い顔をして、筏を見た。

「大丈夫だよ。全然揺れない」

さすがに〝全然〟ではないけれど、この安定感ならそう言ってもいいと思う。それを見せるために自分で筏を揺らしてみせる勇気はないけれど。

それでもまだ迷っていた龍野くんも、わたしがもう一度誘うとついに笑顔を見せた。本当は乗りたかったに違いない。

「よし。行くぞ」

「どうぞ」

龍野くんが乗ったときのバランスを予想し、ずりずりと少しずつ移動する。岸では一歩下がった龍野くんが筏との距離を何度か確認し、それから――大きくジャンプ！

「え!?」

龍野くんが飛び乗ったのは、思ったよりも筏の端の方だった。その勢いと、龍野くんの体重で、ぐらり、と片側が大きく沈んだ。同時に筏が横に動く。その動きで、わたしは龍野くんのいる方にふらついてしまった。

「あれ？　うわ」

重心がさらにずれた筏が大きく揺れる。バランスを取りきれていなかった龍野くんは、腕を振り回しながら後ろ向きに水の中へ――。

そして、派手な水しぶきが。

「え、そんな」

龍野くんが起こした波とまたしてもバランスが変わったことで、筏の揺れ方が変わる。

よろめきながら、わたしはしゃがんで板に手をつこうとした。けれど、慌てていたわたしの左手が乗ったのは、板の下にはみ出したドラム缶で――。

落ちる！

左手はするりと滑って下へ。そのまま体もあとに続く。

「駒居！」

一瞬、龍野くんの声が聞こえたけれど、もうどうしようもなかった。あっという間に水の中！

『ふ、深そうな池には見えなかった。でも溺れたらどうしよう!?』

背中に固いものにぶつかった！　――と思ったら、右手が引っ張られた。

振り回していた左手が水面をたたいたことに気付いて動きを止めた。そっと目を開けると、目の前には真剣な顔をした龍野くんがいて、その手がわたしの両肩を支えている。

「大丈夫だ。深くないから。落ち着いて」

龍野くんの言葉を聞いて大きく息をついたとき、自分が水の中に座り込んでいることが分かった。

確かに大丈夫だ。周りも見えているし、龍野くんの言うとおり、水も深くはない。わたしの肩くらいまでだ。

でも……びっしょり!!

「どっか痛いか？　水飲んじゃったか？　おい、大丈夫か？」

呆然としているわたしを心配して、龍野くんが声をかけてくれている。それを間近に見ながら、頭の中で、落ちるまでの景色が再生されて……。

「もう……、龍野の馬鹿！」

思わず、呼び捨てで思いっきり叫んでしまった。

よろけつつ立ち上がりながら、次々と言葉が飛び出す。

「あんな乗り方したら、危ないのが分からないの!? 自分の体の大きさを考えなさいよ! 物理の授業取ってるんだから、どうやって乗ったらいいかくらい想像できるでしょ!?」

怒りにまかせて怒鳴るわたしに、龍野くんは目を瞠《みは》った。ここは反省すべきところだと思うのに、驚きの表情で口をあんぐり開けて見上げている龍野くんにますます腹が立つ。もうひとこと言おうと息を吸い込んだところで、龍野くんがなにかに気付いたようにパチパチパチッと瞬きをした。そして、慌てて立ち上がると、

「ごめん!」

目の前で深々と頭を下げられても、わたしの怒りは収まらない。

「だいたいねえ、ジャンプする方向が――」

「あの、ほら、早く着替えよう。風邪ひくから」

わたしの言葉を遮り、龍野くんが手首を持って引っ張る。そのままじゃぶじゃぶと岸へと歩き出す龍野くんに引かれて、また転びそうになる。

「やだ、ちょっと待って。あ、タオルが」

引き返そうとすると、龍野くんがさっさと戻って拾ってきてくれた。それからまた

手首をつかんで、引っ張っていこうとする。

「え、あの、分かったけど、そんなに急がなくても」

「いや、ダメだよ。早く」

その勢いに、わたしの怒りは行き場所をなくしてしまう。

池から上がっても龍野くんは手首を離さない。わき目もふらず、遊具の間を抜けて最初の建物を目指して歩いていく。

そんなに心配してくれてるの……？

さっきとは違い、今は遊んでいる子どもたちがいた。その子たちからわたしを隠すように導いてくれる龍野くん。その気遣いに、なんだかちょっとドキドキする。髪からも服からもしずくをたらし、ほとんど引きずられるように歩いているわたしの姿はただ情けないだけだったけれど。

前をずんずん歩いていく龍野くんは、なにも言わないし振り向きもしない。無言の時間が続くにつれて、最初は嬉しかったその勢いが、次第に不安に変わり始める。

もしかして、怒ってるのかな？　呼び捨てにしちゃったし……。

それでもやっぱり龍野くんは、建物の入り口で受付のおばさんに腕輪を見せるとき、わたしを背中に隠すように立ってくれた。おばさんには池に落ちたことはバレバレだったけど。

わたしの分の靴も持って先に階段を降りた龍野くんが、更衣室の前で後ろ向きのまま
わたしの靴を差し出す。そして、

「俺はその、見てないから」

しどろもどろな口調でそう言った。

怒っていないらしいことには安心したけれど、なにか引っかかる。見てないって、なにを？

龍野くんが消えていったドアを見ながら考える。

筏から落ちるカッコ悪い姿のことだろうか？

そりゃあ、龍野くんは自分が落ちてる最中だったんだから見ていなかったはずだ。

そう思いながら自分も更衣室に入った途端。

「あーーーーーーっ!!」

龍野くんがあんなに急いでいた本当の理由が分かった。それと……さっきの「見てない」という言葉がうそだってことも。

正面の大きな鏡に映ったわたしは、ぼさぼさの頭に葉っぱがくっついて……、びっしょり濡れたポロシャツは体に張り付いていて、ブラがくっきりと透けていた。

更衣室でシャワーを浴びながら、胸の中でいろいろな感情がぐるぐると渦巻く。

腹が立つ、恥ずかしい、可笑しい。

結局、最後にわたしの中に残った感情は、〝可笑しい〟だった。

だって、あのときの龍野くんの顔！

本当に、何度思い出しても笑いがこみ上げてくる。

池の中でわたしが立ち上がったとき、龍野くんは心底驚いた顔をした。目をまん丸にして。

その理由を思うと恥ずかしくはあるけれど、まあ、セクシーな下着だったわけじゃない。――だからと言って、見られてもいいとまでは言わないけど。

それに、そのあとの龍野くんの行動は、誠実だったといえると思う。だから、龍野くんの失敗は、あそこでわたしが怒ったことでおしまい。

けれど、あのときの驚きようと慌てぶりは、どうしても忘れられない。本当に、よっぽどびっくりしたんだろう。あんな龍野くん、見たことない。

わたしをここに誘ったときも、午前中に手を差し出してくれたときも、わたしを女として見ていないようだった。普段も、あんまり男子とか女子とか気にせず誰とでも話すタイプみたいだし。そんな龍野くんでも、さすがにこれはそうもいかなかったらしい。

「く……ふふふ……」

頭からシャワーのお湯をかぶりながら、また笑ってしまう。あのときは、わたしが怒ったことに驚いているのかと思ったけど。

よく考えると、少し気の毒でもある。

あの筏に乗ろうと言ったのは、わたしだ。なのに、上手く乗れないからと言って怒られて、予想外のものまで見せられて、急いで更衣室まで連れてこなくちゃならなくて。きっと今頃、次はなにを言われるかと心配しているんだろうな。

悪いことしちゃったな……。

そもそも今日は、元気がないわたしを心配して、龍野くんが誘ってくれたんだもんね。調子に乗ってはしゃいだ自分が悪いのに、失敗した龍野くんを怒るなんて間違ってる。

謝って、お礼を言わなくちゃ。

シャワーを終えて服を着る頃には、穏やかな気持ちに戻っていた。でも顔を合わせるとなるとちょっと恥ずかしい。更衣室のドアから覗いてみると、休憩コーナーのベンチに、こちらに背中を向けて座っている龍野くんがいた。

気まずいけれど、あんまり待たせるのは申し訳ない。自動販売機の前にいた親子連れが階段を上っていくのを確認して、そうっと更衣室から出る。そろそろと近付くと、龍野くんはスポーツ飲料のペットボトルを手にぼんやりしている。

「お待たせしました」

決心して明るく声をかける。何事もなかったように。それに反応して、龍野くんが慌てて立ち上がって振り返る。

「ああ、あの、さっきは」

「あの、さっきはごめんね。あと、どうもありがとう」

龍野くんの言葉を遮って、お詫びとお礼を一気に言いながら頭を下げる。

「あ、ええと、その」

上から龍野くんの困った声が聞こえる。その様子を想像して、頭を下げたまま、また笑ってしまう。

もういいかな、と思って頭を上げようとしたとき。

「ええと、俺のほうこそ、ごめん！」

という声がして——。

ガツッ！

「うっ」

「いてっ！」

頭蓋骨に響く衝撃が。

「いたたたた……」

「痛え……。こんなに近いとは思わなかったのに……」

わたしは後頭部の上の方、龍野くんは額の上あたりを押さえて、向かい合うベンチに座り込む。

お辞儀をしたお互いの頭がぶつかったらしい。痛いというよりも、衝撃でクラクラする。

龍野め！　どんだけの勢いで頭を下げたのよ!?

痛みで声が出ず、恨みのこもった目つきで睨んでしまった。それに気付いて、額を押さえていた龍野くんがしゅんとなった。

「ごめん……」

いつになく小さな声。その声と態度が大きな体とはあまりにもミスマッチで、怒りはあっという間に消えてしまった。その代わりに湧き出てきたのは……。

「ふっ、うふふふふ……」

こらえようとしてもこらえきれず、声が漏れる。

「あれ、ごめん、その……ふふ、あの、なんでもない。ごめん」

笑いを止めようとしながらちらりと様子を窺うと、龍野くんはうつむいて視線をさまよわせている。そんな姿を見たら笑ったことが申し訳なくなって、わたしは咳払いをしながら笑いを止めた。それから誰もいないのを確認して。

「……ごめんね」

機嫌が悪くなっていませんようにと願いつつ、顔を覗き込んで謝る。

ちらっとわたしの様子を見て少し迷うようにしてから、ようやく龍野くんが背筋を伸ばした。

「……いいよ、べつに」

それから小さく息を吐いて、照れくさそうに笑った。つられてわたしも微笑み返す。

ほっとした空気が流れて、龍野くんがなにかに気付いたようにこちらを見た。

「駒居。髪の毛、ちゃんと乾かしてこなかったのか？」

「え？」

続けて「これで大丈夫だよ」と言おうとした。けれど、すっ、と龍野くんが身を乗り出して手を伸ばしてきたのを見て、息を止めてしまった。

心臓がドクンと打つ。

その瞬間、龍野くんの右手が、左の耳をかすめて髪の先をつまんだ。

「なんだか濡れてるみたい……だ……け、ど……」

硬直しているわたしと目が合って、途切れた言葉と一緒に手も止まる。そして、今日二度目の驚いた顔。

「ごめん!!」

言うと同時に、龍野くんは手を勢いよく引っ込めて後ろへ回した。それからあたふたと視線をさまよわせ、最後は斜め下に。

その間、わたしは動けないまま、ずっと龍野くんを見ていた。彼の首から上が真っ赤に染まるところも。

うそ……。

髪に触れられたことよりも、龍野くんが赤くなったことにびっくりしてしまう。池に落ちたときだって、驚いて慌ててはいたけど、赤くなんてなっていなかったのに。

うわ、やだ。なんか……かわいいかも。

「かわいい」なんて龍野くんには似合わないと思うけど、浮かんできた言葉はそのまわたしの胸に居座る。だって、ほかに表現のしようがない。

龍野くんは口を開きそうになくて、わたしがなにか言ったほうがいいみたい。

「龍野くん？」

少しからかい気味の口調で声をかけると、龍野くんがわたしにちらりと視線を向ける。

「恥ずかしいでしょ？」

それを聞くと、また視線を斜め下に向けてしまう。横を向いた龍野くんの耳はまだ赤い。

「だからね、男の子は女の子に気安くさわっちゃダメなんだよ」

「……うん。分かった」

頷きながら、低い声が返ってくる。でも、気まずいのか、反省しているのか、まだ顔を上げてくれない。

この様子だと、まだしばらくは動けないかな？　でも、誰かが見たら、こんな状態は変だと思われるよね？　もうちょっとからかってみたら元気になってくれるかな？

「でもね」

そう言って立ち上がる。

「え？」という顔でわたしを見上げた龍野くんの頭を、右手で一気にぐちゃぐちゃっとかき回す。

「女子はやってもいいんだよ」

「うわ、やめ……」

驚いた龍野くんが手で払いのけたときには、もうわたしは手を引っ込めていた。

「なんだよ、ちゃんとセットしたのに！」

文句を言いながら、急いで両手で髪を直している龍野くんが可笑しい。

「そう？　あんまり変わらないよ？」

そう言うと、怒った顔をこちらに向けたけど、全然怖くなんかない。龍野くんがこんなことで怒るわけがないもの。

駅までの帰り道は朝よりもずっと楽しかった。今日のことだけじゃなく、小中学校での遠足のことや運動会の思い出など、たくさん話した。下り坂だということもあり、元気に気持ちよく歩けた。

龍野くんから駅前のハンバーガーショップで一息……という提案は出なかった。そのことをちょっぴり残念に感じている自分を、肯定したい気持ちと否定する気持ちが交互に浮かんでは消える。

龍野くんはそんなことには気付かない様子で、いつもと変わりなく話して、笑う。

駅で龍野くんにもう一度お礼を言って、急行へと乗り換え。ひとりになってしばらくして、自分の心の中が、楽しかったことでいっぱいになっていることに気付いた。

楽しいことが、こんなにいっぱいある……。

そのことに、素直に感動した。

わたしの生活は、嫌なことばかりじゃない。辛くて悲しいことはあるけれど、楽しいことも、ちゃんとある。

そう思ったら、部活のことにも、新しい気持ちで向かい合うことができるような気がしてきた。

――そうだよ。今まで一緒にやってきた仲間なんだもの。

みんなと対立することが怖くて、はっきりした意見を言わなかった。

嫌われないようにしたり、仲間外れにならないようにすることばかり考えていた。

わたしには、必要なことをするための覚悟が足りなかったのではないだろうか？

よく考えてみよう。どうするのが一番いいのか。どうしたら、上手くいくのか。

今まで一緒にやってきた仲間のこと。どんな言葉で伝えればいいのか、よく考えよう。わたしの言葉に耳を傾けてくれることを信じて。

上手くいかなかったら……。

また、龍野くんを頼っていいのかな……。

弾む心は恋の証？

翌日の月曜日。

朝、麻美と会ったとき、「佐川くんと話すことにした」と言うと、心配そうに「一緒に行こうか？」と言ってくれた。

それを聞いて、わたしは自分の心の狭さを反省した。麻美は麻美なりに、わたしを心配してくれていることに気付いたから。

けれど同時に、いくら仲がよくても、立場が違えば考え方も違うのだとあらためて心に刻んだ。麻美は麻美、わたしはわたし。すべてを理解し合えるわけではない。そして結局は、自分の役割は自分で果たさなくてはならないということを。

お昼休みに、ひとりで佐川くんのいる五組へ向かう。

麻美の申し出は嬉しかったけど、ひとりで行くことにしたのにはふたつ理由がある。

ひとつめは、女子ふたりに呼び出されたらそれだけで、佐川くんはまた反感を抱くだろうということ。

もうひとつは……五組には龍野くんがいるから。

できれば龍野くんに、昨日のお礼を言いたい。……というのは建て前で、本音はちょっと会えたらいいな、と思っている。でも、それを麻美には知られたくない。

いくら龍野くんの〝良心の問題〟だとしても、ふたりで出かけたというのはそれなりの憶測を呼ぶ。けれど、わたしの龍野くんに対する気持ちは今のところ不確かで、友達として好きなのか、それ以上なのか、よく分からない。

そんなときに、周囲にあれこれ言われたくはないから。

佐川くんへの作戦――というほどのものではないけれど――は、自分としてはかなりよくできていると思っている。もちろん、上手くいくかどうか分からないから緊張はしているけれど。

その一方で、龍野くんに会えるかもしれないと思うとちょっとうきうきする。廊下を行き交う生徒の間を縫って、ふたつ先の教室へ向かう足は滑らか。

――龍野くん、いるかな？

開いている後ろの戸に手をかけて中を覗いてみる。先に龍野くんに会えたら、佐川くんと落ち着いて話ができそうな気がするんだけど……。

「あれ？　駒居？」

後ろで声がした。この声は。

「あ、龍野くん」

嬉しさがそのまま声と顔に出てしまった。自然と顔の筋肉が緩んでいくのが分かる。

すんなり龍野くんに会えるなんて、いい兆候かも。

「昨日はお世話になりました」

小声で言ってきちんと頭を下げたら、龍野くんが「あ、いや」と言いながら慌てている。顔を上げると、なんとなく落ち着かない様子でたずねられた。

「ええと、なにか……？」

「うん。佐川くんはいるかな、と思って」

残念ながら、今はじっくり話す時間はない。

「え？　佐川？」

意外そうな顔。ここで龍野くんがちょっと残念そうな顔をしてくれたら……なんていうのは欲張りすぎだよね。

「うん、そうなの。ようやく決心がついてね」

そう言って教室を覗き込むと、龍野くんが教室に入って佐川くんを呼んでくれた。

こちらを見て顔をしかめた佐川くんに、手を振って合図する。嫌々出てきた佐川くんを連れて、誰も通らなそうな場所へと向かった。

「また俺の口の利き方をどうにかしろって話？」

人通りのない廊下で向かい合うと、佐川くんが切り口上で言った。両手をポケットに突っ込んで、面倒くさそうに、不機嫌だと言わんばかりのあからさまな態度。

でも、これはもちろん予想の範囲内だ。

「この前は、ごめん」

そう言って、頭を下げた。

まずは謝ること。これは一番に決めた。前回、わたしが佐川くんに上手に伝えられなかったのは本当のことだから。嫌々ながら話したせいで、佐川くんにとって不愉快な言い方になっていたことに気付いたのだ。

だから今回は顔を上げ、佐川くんときちんと向き合って、わたしの気持ちを伝えようと思った。

「あのときは、上手く説明することができなくて。あんな言い方しちゃって、悪かったなって思ってる」

わたしの言葉を聞いて、佐川くんは警戒するように目を細めた。そんなに信用がないのだろうか？

「でもね、わたしだって言いにくかったんだよ。佐川くんが、演奏をよくしたいから言ってるって分かってるし。だからあんな言い方になっちゃって。ごめんね」

「……いや。まあ……、いいけど……」

落ち着かないのか、足を踏み替えながら、佐川くんが答える。その顔からとがった様子が消えたことを確認して、話を先に進めることにした。

「だけどね、わたしが困ってるのは本当なの。『なんとかしろ』ってみんなから責められてるんだもの」

その瞬間、佐川くんがカッとなったのが分かった。

「そんなの、あいつらがもっと努力すれば――」

「ほら、そういうところ」

「……え？」

わたしの落ち着いた口調に言葉を遮られて、佐川くんがぽかんとする。

「佐川くん、すぐにポンポン言うから」

「ポンポン？」

「そうだよ。誰かがミスすると、すぐに言うでしょ？」

「それは……、だって、ミスは指摘しないと分からないじゃないか。それにだいたい、練習が足りないんじゃないのか？」

佐川くんの強い語調に釣られないように、ゆっくりとひと息ついてから口を開く。

「練習は、みんなちゃんとやってるよ。だけど、完璧にやるのは簡単なことじゃないよ。それにね、佐川くんは早すぎるんだよ」

「早すぎる？」

佐川くんが訝しげな顔をする。

「うん、ミスを指摘するのが。だって、佐川くんは打楽器で、いつでも口が利けるから」

「は？」

「ほら、木管も金管も、練習中は吹いてるか、吹く準備をしてるか、でしょう？　みんな口が塞がってるんだよ。だから、なにか言おうと思っても、すぐには言えないの」

人差し指をたてて説明する。口調と表情はあくまでも明るく、気軽に。

そう。責めるつもりがないことを、態度で伝える。これがわたしの作戦。

「……ああ」

「それにね、打楽器って、みんなの後ろにいるじゃない？　後ろから大きな声で言われたら、嫌な気分になると思わない？」

「まあ……確かに」

佐川くんが頷いた。どうやらわたしの話は納得できるものだったらしい。

そして、少し考えてから口を開いた。

「で、俺にどうしてほしいわけ？」

諦めたような口調にもう敵意は感じられない。ほっとしたけれど、まだ作戦は続行中。

「助けてほしいの」

無邪気に佐川くんを見つめて言った。

「え?」

心から驚いた顔をする佐川くん。

「だって、佐川くんは副部長でしょ? わたしが困ってるんだから、助けてくれないと」

「そりゃそうだけど……、どうやって?」

佐川くんは面食らった表情をしている。それに対してわたしは、とにかく明るい表情を崩さずに。

「一緒に考えてよ、どうしたらいいのか」

「……副部長だから?」

「そうだよ。この前は、わたしがひとりで動いて失敗したし」

「ああ、うん……」

困惑している佐川くんを見つめながら、ここまで話せばきっと大丈夫だろうと感じていた。入学から一緒にやってきた佐川くんの部に対する気持ちは、きっとわたしと同じで、信じられるものだと昨夜気が付いたのだ。

「駒居」

「ん?」

佐川くんの決意が表れた表情に、やっぱり大丈夫だと確信する。

「今すぐにはなにも思い付かないから、あとでもいいか？」

「うん。すぐには無理だよね。話を聞いてくれてありがとう」

「いや」

教室の方へ並んで歩きながら、佐川くんがわたしを見ているのが分かった。

「なんか駒居……変わった？」

「そう？」

確かに先週とは気の持ちようが変わったのは間違いないけれど、見て分かるほど？

「うん。なんていうか……力が抜けたみたいな」

「ああ。うん、そうかな。ふふ」

それは当たってる。

「それに、素直になったな」

「なにそれ？」

「いや、素直じゃなくて、男心をくすぐるっていうか」

男心？　佐川くんにそんなことを言われるとは思ってもみなかった。

驚いたのと同時に可笑しくて、わざと顔をしかめてみせた。

「やだなあ、どうしたの？　わたし、彼女がいる男の子に手を出したりしないよ？」

「あははは！　そんな意味じゃないけど。でも、あんなふうに『助けてほしい』って言われたら、断る男は鬼だな」

「へえ、そうか。じゃあ、これからは、男子に頼み事をするときは、ああすればいいんだね」

「恐ろしいな。いつの間にか、学校中の男が駒居の家来になってたりして」

「あはは！　さすがにそんなことはないでしょ。あ、じゃあ、放課後にね」

「おう」

昼休みの残りが少なくなっていたので、急いで教室に向かう。歩きながら、佐川くんとの関係が修復できた達成感で背筋が伸びて、まっすぐ顔を上げていられた。


その日の部活に、佐川くんはマスクをかけて現れた。後輩にたずねられると、佐川くんは「のどが痛くて」と答えていた。

個人練習のとき、佐川くんはそっと、保健室でマスクをもらってきたのだと教えてくれた。

「今日は試しに黙っていてみようと思って。でも、黙ってるのって簡単じゃないからな」

どんな方法でも、前向きに考えてくれたことが嬉しかった。

それに、黙っているなんて無理だとたかをくくっていたけれど、佐川くんは本当にほとんどしゃべらなかった。そのせいか、全体練習がいつもより静かで変な感じがした。

翌日の昼休み。

借りていた登山の本を返すために図書室に行った。続けてなにか借りようかと思ったけれど、本なんて普段は読まないから、自分では選ぶことができなかった。

ぼんやりと室内を見回すと、背の高い男のひとが本棚の間を歩いている。カフェの店員さんみたいな黒くて長いエプロンをかけて、胸元にはＩＤカード。襟足が長めのクセのある髪で、少しふっくらしているけれど、まだ若くて優しそう。

このひとがきっと、龍野くんが言っていた司書さんに違いない。

面白い本はないかとたずねれば、たぶんなにか紹介してくれるのだろう。でも、それはなんだか恥ずかしいので、なにも借りないまま図書室を出てきてしまった。

階段を駆け上がり、顔を上げたら――。

「あ」

通りかかった龍野くんと目が合った。

「よう」

立ち止まって笑いかけてくれた龍野くんに、自然に笑顔を返すわたし。気分のゲージがぐぐっと上がった気がする。

「元気そうだな」

走り寄って隣に並ぶと、龍野くんが笑顔で言った。元気になったと気付いてもらえて、胸の中がくすぐったい。

「今ね、図書室に行ってきたの」

教室の方へと歩きながら、自分が少しはしゃいでいるのが分かる。図書室で司書さんを見たことを報告できるのが嬉しくて。

「ああ、そうなのか。なにか借りた？」

少しハスキーな低い声が、通り過ぎる話し声を押しのけて聞こえる。

「今日は借りなかった。でも、司書さんを見たよ」

「ああ、雪見さんはたいてい図書室に出てきてるからなあ」

「出てきてるって……？」

「図書室の隣に司書室っていうのがあるんだよ。前の司書のひとはそっちにいることが多かったみたいで、図書室ではあんまり見かけなかったから」

「ふうん」

龍野くんは、そんなに前から図書室に通ってたんだ……。

「あのひと、大きいね」

「雪見さん？　そうだな。俺より背は高いな」

「へえ、そうなの。龍野くんだって、男子の中でも大きいほうなのにね」

ああ、五組に着いちゃった。

「じゃあね」と言おうと足を止めたけど、龍野くんはそのまま会話を続けてくれる。

「雪見さん、球技大会では活躍してたんだぜ。見なかった？」

「そうなの？　気付かなかったけど……」

いいのかな？　このまま話していても？

教室までの時間つぶしの会話ではなかった？　わたしと話すのは嫌じゃない？

「ほら、教職員のチームがあるだろ？　バレーボールの。あれで――」

「あ、駒居！　ちょうどよかった」

名前を呼ばれて顔を向けると、五組の教室から佐川くんが出てくるところだった。

「ちょうどよかったって……？」

「話があるんだ」

そう言いながら、わたしの肘をぐいっとつかむ。

「話？」

部活のことか。わたしから持ちかけた話だから、行かないと。

「ごめんね、龍野くん、話の途中で。またね」

「え、あ、ああ。うん」

「悪いな、龍野」

「ああ、いや」

龍野くんへの返事もそこそこに、佐川くんがわたしを引っ張って歩き出す。気付いてもらえないかもしれないけど、本当はもう少し話したかったという思いを込めて龍野くんに視線を送った。

「駒居」

佐川くんが急かす。

「う、うん」

少し歩いてもう一度振り返ったら、もう龍野くんはいなかった。

当然か。龍野くんとは偶然会っただけなんだから。

そう思っても、もう少し長く話せたら……と考えずにいられない。

「俺、昨日、分かったんだ」

わたしとは逆に、佐川くんはちょっと興奮気味。黙っていることができず、早く話したい、という感じ。

「やっぱり、俺が悪かったんだよな」

あら。

思わぬ反省の言葉にまじまじと佐川くんを見てしまう。

「ええと、そんなに悪いってわけでも……」

そんなふうにはっきり言われてしまうと、もう悪者扱いはできなくなる。わたしが口ごもっていると、佐川くんは迷わず続ける。

「そんなことないよ。昨日見てて、よく分かった。みんなホントは、自分で上手くできないところは分かってるんだよな」

「あ……」

気付いてくれたんだ。

そう。昨日はみんなそれぞれ、自分が上手くできないところを「もう一回いい？」と言って、やり直していた。それを、佐川くんは黙って見ていたのだ。

「なのに、俺がギャーギャー言うから腹が立ったんだ。そうだろ？」

「まあ……、たぶん、そうだと思うよ」

「やっぱりな」

佐川くんが下を向いて頭を掻く。そして、バツの悪そうな顔をして言った。

「ごめんな」

ここのところ下手に出たことがなかった佐川くんが謝るなんて、びっくり！　同時にわたしの——部員みんなの思いに気付いてくれたんだと思って、心の底からほっとした。

安堵と嬉しさで言葉が出ず、ただ首を横に振る。

「なんかさあ、俺、みんなに注意しているうちに、だんだん自分だけが正しいことを言ってるような気分になっちゃってたみたいでさあ」

「そうなの？」

「うん。『俺が言わなきゃ、誰も気付かないだろ！』って思って。部員を信用してなかったっていうか……」

「ああ。わたしだって、そういう部分はあるよ」

わたしの言葉を聞いて、佐川くんがニヤリとする。

「俺のこととか？」

「ふふ、まあね」

そう。佐川くんのことは、単なる困り者だと思ったりした。言ったってきっと分からない、なんて決めつけていた。

「面倒かけたな。これからは、ひとこと言う前に、ちょっと考えることにするよ」

「そうしてくれる？　どうもありがとう」

ふわりとした空気が流れて、心が軽くなった。

教室の方に戻りながら、佐川くんが昨日の帰りのことを話してくれた。

「仲尾《なかお》がさあ、飴をくれたんだよ」

「リサが？」

「うん。俺、マスクしてただろ？　『大事にしないと悪化するよ』ってさあ」

「ああ、そうなんだ」

やっぱり仲間だもんね。それに、もしかしたら今までの仲直りの意味もあるのかも。

「いいのかなあ？」

「え？　なにが？」

「あいつ、俺に気があるんじゃないかと思って」

「ぐふっ、う……ごほっ、はあ？」

佐川くんの突拍子もない発言に、思わずむせてしまう。

本気で思ってるの!?　冗談じゃなく!?

「俺、よくあるんだよな。話しかけてくるなあ、と思ってたらコクられるって。彼女いるんだけどな……」

本気……みたい。真面目に悩んでいるように見える。でも、リサに関しては間違った解釈だ。

「うーん、佐川くんに彼女がいることは部員ならみんな知ってるから、リサの気持ちには気付かないことにしたほうがいいんじゃないかな？」

「そうか？」

「うん。好きだって言われたら、そのときに考えればいいよ。気付かないふりをしてあげるのも優しさだよ」

それでも佐川くんはまだ眉間にしわを寄せて難しい顔をしていたけれど、最後には頷いた。

「そうだな。それしかないか」

よかった。せっかく重い課題をクリアしたのに、また変な誤解で揉めたりしたら嫌だ。

それにしても……。

佐川くんは単純だ。飴をもらったくらいでそんな心配をするんだから。それとも、自信過剰なのかな？　まあ、確かにうちの学年の中では、見た目は上位に入るって言われているけど……。

わたしなんか、龍野くんの気持ち、全然分からないのに。

龍野くんどころか、自分の気持ちだってはっきりしないのに。

六時間目の物理の時間、龍野くんは先に席に着いていた。前の授業が長引いてギリギリに教室に入ったとき、すぐに龍野くんと目が合ってドキドキしてしまった。

やっぱり友達よりは好き……かも。

頰が赤くなっていることに気付かれたくなくて、話しかけられてもちゃんと目を合わせることができなかった。

お礼をしようと思い付いたのは、その授業中。わたしが佐川くんに話をしようと決心できたのは、龍野くんのおかげだから。

それから部活が終わるまで、なにがいいかずっと考えていた。いくら考えても思い付かなかったけれど、帰りに麻美に付き合って駅の本屋に寄ったとき、文房具売り場で「これだ！」と思うものを見つけた。

秋田犬のストラップ。

薄茶色の犬が軽く首を傾げておすわりをしている。黒いぱっちりした目に愛嬌があってかわいらしい。ゆったりした優しげな雰囲気が龍野くんに似ている気がする。

麻美がお目当ての本を探している間に、大急ぎでストラップを入れるためのぽち袋と麻美に対する言い訳用の蛍光ペンを選び、会計へ。前にここで龍野くんに会ったことを思い出して、今日は見られたくないな、と何度も周囲を見回した。

夜、家でもう一度ストラップの犬をじっくりと見ると、やっぱり龍野くんに似ている。ぽち袋に入れ、渡す場面をあれこれ想像しながら楽しい気分でベッドに入った。

さっそく明日、渡しに行こう。

真相と意地

お礼を渡そうと意気込んでいたけれど、いざとなると難しい。チャンスはいくらでもありそうなのに、切り出せない。

廊下で見かけると、恥ずかしくなって逆に隠れたくなってしまう。

物理のときはギリギリに行って、そそくさと帰ってきてしまった。

休み時間はほとんど教室から出ないで過ごした。

わたし……なにをやってるんだろう……。

単にお礼を渡すだけ。重大な告白をするわけじゃない。なのにこんなに決心がつかないってことは、やっぱり龍野くんはわたしにとって特別なんだ……と、変に納得。

でも納得したら、余計に緊張してきてしまったけれど。

結局、授業が終わっても渡しに行けないまま、部活の時間になってしまった。

いつでも渡せるように、ストラップを入れたぽち袋はスカートのポケットに入れたまま。これでは袋がくしゃくしゃになって、見栄えが悪くなってしまう。バッグのポケットかポーチに入れ替えようかと思うけど、チャンスがきたときに渡せないのは困る。

連絡先を知っていればなあ……。

龍野くんが言い出さないなら、わたしから言えばよかった。思い切って「教えて」って言えてたら……。

今日は仕方ないと気持ちを切り替え、いつもの練習場所に向かうため、音楽室を出た。

外は雨。

窓に近付いて下の中庭を覗くと、水色の傘がひとつ、門の方へ動いていった。中庭に向かって開いている玄関の屋根の下にはカップルが一組。屋根の陰で顔は見えないけど、きっとふたりともにこにこ笑っているんだろう。

男女のペアで一緒にいてもカップルじゃない場合もあるけれど、あのふたりは絶対にそうだ。陸上部のジャージを着た女の子が制服姿の男の子の腕につかまって甘えている。そうかと思うと、スキップしながら男の子の周りをまわって後ろから抱き付いた。

あんなふうに甘えられるなんて、すごいな。

みんなが通る場所で堂々と、なんてわたしには無理。小さなお礼すら渡すことができないんだから……。

仲よしのカップルに微笑ましい気分になって階段を降りる。職員室の前を通りながら、もう一度窓から中庭の方へ目を向けると、さっきのカップルがまだ――。

龍野くん!?

思わず窓にへばりつくようにして確認。

傘をさそうとしているあの姿。やっぱり間違いない。

龍野くんだ……。

屋根の端から満面の笑みで手を振る女の子と、振り返って軽く手を上げる龍野くん。

なんだか龍野くんのプライベートを覗き見しているような気がして、慌てて窓から離れた。

――なんだか変だ。頭の中が船に乗ったように揺れている。

見た景色をうそだとは思わないけれど、理解が追い付かない。混乱しているのか、受け入れることを拒否しているのか……。

ぼんやりと歩きながら、何度も頭を振ってみる。そうすることで目が覚めて、あのふたりについての正しい解釈が見つかるような気がして。

ただのクラスメイト?

――そんなはずない。

あれは友達同士の態度じゃない。あんなにくっついていられるのは……。

「はぁ――」

半分ため息。もう半分は深呼吸。

いつもの場所にたどり着き、ゆっくりと練習の準備をする。その間に気持ちを落ち着ける。

トランペットで最初の音を出したら、すうっと事実がひとつにまとまり始めた。曲を吹き始めると、すべてのことが、あるべき場所に整理されていく。

——龍野くん、彼女がいたんだ。

ようやくそれが、頭と心で理解できた。

不思議だけど、そのことは、今までまったく考えてみなかった。でも、いても変じゃない。あんなに優しくて、いいひとなんだから。それに、今までのこと全部、彼女がいたからだと思えばしっくりくる。

連絡先を交換しようと言わなかったこと。

アスレチックにわたしを誘うときに、「単なる良心の問題」だと言ったこと。

要するに、わたしは彼女としての対象じゃないと、最初から示されていたのだ。それなのに、わたしは勝手に盛り上がって、期待して、お礼のプレゼントなんか買ったりして……。

彼女がいるのに、元気がないわたしを心配してくれたんだ。きっと相手の子も、龍野くんのそういうところを理解している優しい子なんだろうな。

わたし……、馬鹿みたい。

ひときわ高く、強く、トランペットを吹く。

龍野くんには、ちゃんと心配してくれるひとがいるのに。

龍野くんが、誰にでも気軽に話しかけるひとだって知っていたのに。

自分が特別に心配してもらえたつもりになって、こんな……。

楽譜が一区切りついたところで、ポケットからぽち袋を取り出してみる。

一日中持ち歩いたそれは、角が少し毛羽立って、軽く折れ曲がっている部分もある。

なんとなくみすぼらしい感じが、今のわたしに似ている。

これ、どうしよう?

彼女がいるひとにストラップなんか渡せない。わたしはただの友達でしかないから。

龍野くんは困るだろうし、いくら心の広い彼女でも、やっぱり嫌だろう。

かといって、あのかわいらしい犬を捨てるなんて、かわいそうでできない。

和紙の袋の上から犬のふくらみをそっと撫でてみる。犬の姿勢も表情も、わたしはとても気に入って買ったのだ。

自分で使えばいいか……。

おそろいのものを買ったわけじゃないのだから、わたしが使ったってなにも問題はない。ただ、犬が龍野くんに似ているところが気になるけれど。

「わたしが大事にしてあげるからね」

犬にそっと話しかけてからポケットに戻した。

渡す前でよかった。本当に。

こんなものを渡していたら、困った勘違い女だと迷惑がられるところだった。たぶん、龍野くんはそれを態度で示したりはしないだろうけど、受け取ってくれていたら、わたしはますます期待して……。

本当に、深入りする前でよかった。そう。今ならまだ傷は浅い。

ショックは収まったと思ったのに、全体練習になってみるとどうも上手くいかない。変な音を出したり、リピートの場所を間違えたりしてしまう。練習中、「あー、ごめん！」と何度言ったことか。

「胡桃？　調子悪い？」

休憩に入ったとき、麻美が心配して訊いてくれたけど、なにも言えない。

「大丈夫」

笑顔で答えながらも、呼吸が上手くできず、心臓がドキドキしてくる。なんだか急に顔が熱くなったような気もする。

「勉強のしすぎ？　胡桃は真面目だからなあ」

「……そんなことないよ」

――麻美。わたし、「真面目」って言われるの、嫌なの。

ふと、そう思った。

その瞬間、思い出した。電車の中で龍野くんに「しっかり者なんかじゃない」と愚痴を言ったことを。あのときの景色と音が、くっきりとよみがえる。

龍野くんは少し驚いた顔をしながらも、「そうか」と受け止めてくれて……。

龍野くん……。

龍野くんの声を思い出して、一気に悲しくなる。笑顔を保っていられない。あのひとことが、どれほど慰めになったことか……。

「胡桃?」

麻美が心配そうに顔を覗き込む。

「ちょっと……お腹が痛いの」

それから小声で付け足す。

「生理痛」

麻美が「ああ」と頷いて、「薬いる?」と訊いてくれる。それに首を振って、「今日は帰ってもいいかな?」とたずねる。こういうとき、女子はお互い様だと思っているから、たいていダメだとは言わない。

「うん、そうしたら? 最近いろいろあったから、疲れてるのかもね」

麻美は佐川くんのことを言っているのだ。でも、今のわたしの状態が失恋のせいだと知ったら、いったいどれくらい驚くんだろう？

〝失恋〟という言葉で自分の気持ちを再確認することになり、また空しい気分に襲われる。

「ありがとう。ごめんね」

急いで荷物を片付けて、みんなに謝りながら音楽室を出る。あとの言い訳は麻美が引き受けてくれるはず。

とにかくひとりになりたい。平気な顔をするのが辛いから……。


その日は、夜までずっと胸がちくちくした。

何度もため息をついていることに気付いて、情けなくなった。

寝る頃になると、この前まではなんとも思っていなかったひとのことでこんな思いをするのは変だ、と思った。

夜中に目が覚めて、犬のストラップをながめた。それを枕元に置いて寝たら、朝には不思議と落ち着いていた。完全に元どおりという気分ではないけれど、辛い時間は過ぎて、軽い虚脱状態とでもいうような。眠りが癒しになるというのは本当のことらしい。

だとしても、たった一晩でこんなに吹っ切れているのは、わたしの恋心がそれほど大きくなかった証拠かも。やっぱり、早く分かってよかった。

でも、学校の廊下や物理の授業で龍野くんと顔を合わせなくちゃいけないときは、どうしても悲しくなった。龍野くんに話しかけられたときは、わたしはただの友達にすぎないのだと自分に言い聞かせた。

それを悟られないように明るく振る舞うことも空しかった。

けれど、暗い顔をしていて、この前のように龍野くんに心配されるのは困る。そんなことをされたら、思いっきり怒鳴ってしまいそう。だから、平気な顔をし続けた。

放課後、一日頑張れた達成感で音楽室に行くと、後輩たちが「もう大丈夫なんですか?」と声をかけてくれた。それにお礼を言いながら、わたしには心配してくれる仲間がいる、と自分に言い聞かせた。大丈夫だ、龍野くんがいなくても……。

部活の個人練習は、今日は麻美と一緒にやろうと約束してあった。

ふたりで練習するときはわたしの練習場所で、と決めている。一緒に階段を降りながら、〝この前みたいに龍野くんがいたらどうしよう?〟なんて少しだけ心配になったけれど、もうそんなことがあるわけない。龍野くんは、わたしに元気がなかったから心配してくれたのであって、元気になったことを確認した今では、もう用事はないのだから。

なのに。

楽器と譜面台を持って階段を降り、廊下に出ると……。

「あれ？　誰かいる」

麻美と同時にわたしも気付いていた。けれど、言葉が出なかった。

廊下の壁に背を預けて座っていた男の子。

わたしたちに気付いて立ち上がると、その人の背が高いのが分かった。それを確認しなくても、わたしには分かっていたけれど。

龍野くん……。

麻美がどうしようかと迷ってわたしを見たことに気付いても、こちらに歩いてくる龍野くんから目を逸らすことができなかった。

「駒居、ちょっと……話せるかな？」

わたしたちの前で立ち止まった龍野くんが話しにくそうに口を開く。

低くてかすれた声。視線はわたしを捉えたあと、すぐに下へ。

「胡桃……？」

麻美の声で一度彼女を見るけれど、すぐには心が決まらない。

龍野くんを見上げても、心の準備をしていなかったから、なにを言えばいいのか分からない。まるで助けを求めるように、トランペットと譜面台を持つ手に力が入る。

「どうして……？」

やっと出たつぶやくような声。

口の中が渇いているみたい。

頭がぐるぐるする。

胃のあたりが重い。

「あの……」

龍野くんがちらりと麻美を見た。

「できれば……駒居とふたりで話したいんだけど」

そう言ってまた目を伏せる。

その間にわたしの心は、龍野くんから決定的な言葉を告げられる恐ろしさでいっぱいになってしまう。自分の気持ちは整理できたと思っていたのに。

「胡桃？」

麻美が腕をつかんだ。それにはっとして麻美を見ると、真剣な顔をしている。

「大丈夫？」

ひとりにしても平気かって訊かれてる。

「うん……」

迷いながら微笑んで頷く。麻美はそれでも心配そうにわたしの腕をつかんだまま、龍野くんとわたしを交互に見ている。

「大丈夫。話をするだけだから」

さっきよりもしっかり微笑むと、ようやく麻美も頷いてくれた。

「分かった。じゃあ……、あとでね」

そう言って、麻美は階段を駆け上がっていった。それを見送って、龍野くんに向き直る。

「あの、ごめん、練習中に」

龍野くんが申し訳なさそうに言った。

おおらかで元気な龍野くんが、今はこんなにかしこまっている。わたしに関わったばかりにそんな思いをしたりして……。

不思議なことに、元気のない龍野くんを見たら、急に悲しさも怖さも消えてしまった。それに代わって浮かんできたのは「ごめんね」という気持ち。

「ええと、荷物を置いてもいい？」

心がすうっと静かになって、自然に微笑むことができた。これならきっと大丈夫。

廊下の突き当たりまで行って荷物を下ろし、後ろに立っている龍野くんと向き合う。

「あの、ええと……」

龍野くんは口を開いては言葉に詰まり、頭を掻《か》いたり、上を向いたりしている。こんなに落ち着かない龍野くんは珍しい。よほど言いにくい話なのだ。

「その、なんか、や……、やきもちを焼いてるみたいで……」

龍野くんは、口をもごもごとさせる。やきもち……？

「あの、その、……この前、俺、『良心の問題』なんてカッコいいこと言っちゃったけど、その……」

ああ、なるほど！

龍野くんの用事がなんなのか思い当たって、また気の毒になってしまう。

龍野くんは、彼女がやきもちを焼いているから、もうわたしの心配はできないって言いたいのだ。わたしのために行動してくれたことを、彼女が納得できないでいるからって。

わざわざそんなことを言いに来てくれるなんて、本当に正直なひとだ。

「ああもう！　なんで上手く言えないんだ！」

龍野くんが頭を抱えて叫んだ。そんな姿を見せられたら、ますます申し訳なくなってしまう。

「いいよ、龍野くん、分かってるから。気にしないで」

龍野くんが驚いてわたしを見た。

「分かってる？　いつから？」

「昨日」

眉間にしわを寄せて、龍野くんが首を傾げる。

「……昨日？」

確認するようにたずねられ、わたしは「うん」と頷く。

龍野くんは腕を組んで少し考えてから、不思議そうな顔でわたしを見た。

「昨日、俺の気持ちに気付いた？」

「龍野くんの気持ち？」

わたしも首を傾げる。

どうも話が噛み合っていない気がする。

考えてみてもよく分からなくて、仕方がないから訊いてみることにした。

「ええと、そのやきもちっていうのは……？」

「え？」

わたしの質問に、龍野くんが身構える。

「ええと、誰がやきもちを焼いているの？」

「誰って……俺、だけど」

どうしてここで龍野くんが出てくるんだろう？〝彼女がわたしに〟やきもちを焼く

んじゃないのかな？

わけが分からなくて見上げても、龍野くんはわたしとは目を合わせずに視線をさまよわせている。

「龍野くんが、誰に？」

「あ、その……、佐川に……」

ますます意味がわからない。どうしてここに佐川くんが出てくるんだろう？

「よく分からないけど、もしかして龍野くんは佐川くんの彼女が好きなの？」

「え!?」

驚いてる。図星？

「ああ！　だから、わたしに取り持ってほしいってこと？」

「いや……、え？」

「でもそれはちょっと無理だよ。佐川くんたちってすごく仲いいし、わたしもふたりの仲を裂く手伝いは――」

「いや、違う違う違う。っていうか、佐川の彼女って？」

「え？　アヤちゃんのことでしょ？　隣駅の女子校の」

「女子校の……？　そんな情報、初耳だけど。あれ？　じゃあ駒居と佐川は？」

「佐川くんとわたし？　同じ部活で部長と副部長」

「……それだけ？」

まだ疑っている目つきで龍野くんがわたしに訊いた。

「それだけだよ」

これははっきり言わなくちゃ。誤解されたら佐川くんもわたしも困る。

「だけど、この前ふたりで楽しそうに……」

この前って、昼休みのこと？

「ああ、あれは部活の相談」

そんな勘違いをされたのかとちょっと笑ってしまった。けれど。

ちょっと待って。

今の話の流れだと、龍野くんが、佐川くんとわたしの仲を勘違いして、やきもちを焼いてたってこと？　それって……。

驚いて龍野くんを見上げると、さっきまでとは全然違う、ほっとした顔で笑っていた。

「よかった！　じゃあ、俺、駒居の相手に立候補したい。ダメかな？」

「『ダメかな？』って……」

笑顔の龍野くんを見上げたまま、わたしの頭の中で、いろいろな景色が入り乱れる。

その景色のひとつがわたしの意識をはっきりさせた。

いや、はっきりどころか……。

「ダメだよ」

彼氏に立候補すると言われても、わたしにだってプライドがある。

「え!?」

龍野くんはとても驚いたらしい。ひときわ大きな声を出した。

そりゃあ、先週からのわたしとのやりとりを考えれば、断られるとは思わなかったのかもしれないけど。

「龍野くん、彼女と別れたの?」

そうたずねると、龍野くんは不思議そうな顔をした。

「彼女って……そんな必要はないけど……」

別れる必要はないって言うの!? 信じられない!

「二股かけようってこと?」

「え、そんな。なんで?」

わたしが知らないと思っているんだろうか? それとも、知られていることに気付いていて、とぼけ通そうとしている? どちらにしても許せない。

「ああ、そうだよね。男のひとって、平安時代から奥さんが何人もいたみたいだし、愛人がいるドラマなんかもよくあるもんね。で、みんなのこと本気で好きだとか言っちゃってさ」

「いや、ちょっと待てよ。なんで俺がそんな男の実例みたいに言われて――」

「わたしはそんなのごめんだからね。そんな……あ」

龍野くんの後方に影が見えた。

階段から出てきたらしいその影の正体は佐川くんで、パッとこちらを向くと一気に駆けてきた。

「うちの部長になにやってんだ、コラ！」

佐川くんが、ベチンと龍野くんの頭を叩く。

「いて！　え!?」

龍野くんが頭を押さえて振り返る横を抜けて、佐川くんがわたしの前に立った。

「駒居、大丈夫か？　なにもされなかったか？」

味方が登場したことに気が大きくなり、わたしはここぞとばかりに龍野くんの不条理を訴える。

「龍野くんが、わたしに二股をかけようとする」

佐川くんが目を丸くして、龍野くんを振り返った。

「お前……、そんなこと、許されるわけないだろ!?」

佐川くんが強い口調で言ってくれる。わたしはざまあみろ、と思いながら、不誠実な龍野くんに心の中で思いっきり「あかんベー」をした。

「違うって！　そんなことしないよ！　だいたい俺が誰と二股をかけるんだよ？」

佐川くんは、今度はわたしを見た。その顔には「ああ言ってるけど？」と書いてある。

「だって、わたし見たもん。女の子と仲よくしてるところ」

「『仲よく』って？」

佐川くんがわたしにたずねる。わたしがただの友達関係の相手を誤解していると思ったのかもしれない。

「楽しそうに腕組んだり抱き付かれたりしてた」

「人違いだ」

すかさず龍野くんが否定。

「違わない。なんでそんなうそつくの？　そんなうそ、二股よりひどいよ」

「うそじゃ――」

「それ、妹じゃないのか？」

また会話がヒートアップしそうになった瞬間、佐川くんの落ち着いた声がして、わたしと龍野くんの口が同時に止まる。

佐川くんはわたしたちを交互に見ながら続けた。

「それ妹だろ、たぶん。どこで見たんだよ？」

「あの、玄関のところで」

妹？

「だけど、妹っていうにはちょっと仲がよすぎるっていうか……」

「ああ……、そうか……」

龍野くんがため息をつきながら片手で額を押さえた。それを見て、佐川くんが説明してくれた。

「うちのクラスでは有名だぜ、龍野の妹。今年入学したんだけど、萌え系妹キャラを地でいく、超ブラコンのマサミちゃんって」

萌え系妹キャラ？　超ブラコン？

本気でそんなひとが存在するわけ？

「陸上部のジャージを着てたけど？　長い髪で……」

「ああ、じゃあ間違いないな。入学して二、三日は、何度も龍野のところに来てたよな？　で、龍野が『来るな』って怒ったら泣きそうになっちゃって」

「あのときは、俺の言い方が酷すぎるって、みんなに責められてまいった。だけど、教室に来なくても、校舎内で会ったら結局同じだからな」

「羨ましがってたヤツもいたけど、呆れてたほうが多かったかな。まだあの調子なのか？　あの押しの強さじゃ龍野も苦労するよな、あははは！」

ため息をつく龍野くんを、佐川くんが笑った。

和やかな雰囲気になり、なんとなく一件落着に見えたけど。

「じゃあ、連絡先を教えてくれないのはどうして？」

わたしには納得できないことがほかにもあるのだ。

「一緒に出かけたのに、なにも教えてくれないなんて、変だと思わない？」

味方になってもらうため、佐川くんに言うと、

「あれ？　もうデート済み？」

予想外の質問が返ってきて焦る。

けれど、わたしの答えを待たずに「どうなんだよ？」と言うように、佐川くんが龍野くんを見た。

「それも妹がらみで……」

龍野くんが言いにくそうに下を向く。

「マサミのやつ、俺のスマホを見るんだよ」

「え？」

「見るって……」

驚いて言葉が途切れた佐川くんとわたしに、龍野くんが頭を掻きながら説明する。

「いくらパスワードを変えてもダメなんだ。メッセージを見られたこともあるし、連絡先を消されたこともある。二十四時間肌身離さずってわけにもいかないだろ？」

まるっきり、やきもち焼きの彼女みたいだ……。

「そんなの、名前を変えて登録すればいいじゃないか」

「そういうのは嫌なんだよ。こそこそしてるみたいで」

そう言って、龍野くんがちらりとわたしを見る。

「それに……、電話番号を訊いたりしたら、別の目的があるって警戒されるかもしれないと思ったし……」

こそこそしたくないっていうのは、龍野くんらしいし、嬉しいけどね。それにあのときは純粋にわたしを心配してくれていたし、助けてくれたのは確かだし……。でも、だからと言って、簡単に機嫌を直して……っていうのは嫌だ。この状況ではなんとなく引っ込みがつかない。

「そ、そういえば、佐川くんはどうしてここに来たの？」

どことなく気まずい空気を感じながら、無理やり話題を逸らす。

「ああ。木之下《きのした》が音楽室に駆け込んできて、大きな男が駒居を待ち伏せしてたって。心配だから見に行けって言われて」

麻美はそんなに心配してくれたんだ……。

「待ち伏せ……」

隣では龍野くんがショックを受けている。確かに「待ち伏せ」なんて言われたら、まるでストーカーみたいだ。

「俺はいらないんじゃないかと思ったけど、木之下は駒居が怖がってるように見えたし、なんかあったらどうするんだってしつこく言うから来てみたんだ。そしたら、駒居の怒ってる声がして、ヤバいのかと思ったよ」

「……どうもありがとうございました」

あとで麻美にもお礼を言わなくちゃ……。

「ははは！　駒居があんなふうにはっきり文句を言うところって、今まで見たことなかったからなあ。けど、もういいよな？」

「え？」

「だって、問題は解決したよな？　話はまとまったんだろ？」

「いや、あの、でも」

思い出したようにまた鼓動が激しくなる。

龍野くんはからかうような視線をわたしに向けている。

「わ、分かんないよ」

自分の気持ちはひとことも言っていない。顔にだって出ていないはず。なのに、知られているようで恥ずかしい。

　それを隠そうとしてまた慌てて、なにを言えばいいのか分からなくなる。

「い、今すぐ答えなんか出せないよ。もう……なんだか疲れちゃったもん」

　自分の声がいつになく小さい。

　佐川くんが小さく吹き出した。それを見たら、なんだか腹が立ってくる。

「もう……、龍野が悪いんだ！　わたしが混乱するようなことばっかり、言ったりやったりするから！」

「うん。ごめん」

　龍野くんは落ち着いて微笑んだまま。さっきまであんなに慌てていたのに。今はわたしだけが焦っている。

「わざわざ本の話を持ち出してまで良心だなんて言うし！　平気なのかと思ったら慌てたりするし、優しかったりするし！　妹のことは教えてくれないし！」

「うん。ごめん」

「失恋したと思ったのに！」

　言った途端、はっとした。慌てて両手で口を押さえても、もう遅い。

　本気で笑い出した佐川くんと、思いっきり嬉しそうな龍野くんの前でどうしたらいいのか分からなくなって、思い切り睨んだ。

「まだ……好きかどうか分からないもん」

「はいはい」

佐川くんが笑ったままわたしと龍野くんの肩をバンバンと叩いて、階段に向かって歩き出す。その後ろ姿を見送って、龍野くんを見上げると、見慣れた笑顔があった。

「返事は……保留、だから」

不機嫌な顔のまま伝えた。

怒ったすぐあとで、簡単に嬉しい顔なんかできない。

けれど、その思いとは別に、わたしの頬はどんどん熱くなる。それを隠すために下を向いた。

「それでいいよ。今日は」

龍野くんの低いハスキーな声が、わたしを優しく包んでくれる。これでは不機嫌な表情を続けるのが難しくなってしまう。

「でも」

龍野くんのあらたまった声がして、思わず顔を上げた。

「俺に返事をするまでは、ほかのヤツとは出かけないでほしいんだけどな？」

わたしの機嫌を取るような優しい声と笑顔で、胸の中がざわざわと波立つ。悔しいんだけど、でも……。

「わたしを誘うひとなんて、い、いないもん」

「いたら？」

「……行かないよ」

「よかった」

そっと、わたしの前に小指を立てた右手が差し出された。龍野くんの大きな手は、小指だけでも頼もしく見える。

「指きり？」

ちらりと見上げると、龍野くんが意味ありげに笑う。

「そう。気安くさわっちゃいけないから。駒居がよければ」

「……うん。いいよ」

絡めた小指は温かくて力強くて……今までで一番ドキドキした。

ふたりの関係

「残念だったねー」

「本当にね」

夏休みに入ってすぐに、わたしたち三年生にとって最後の大会が終わった。

県のブロック別大会で、結果は銀賞。次の大会へ進むことはできなかった。

結果発表のときは、三年生のほとんどが泣いてしまった。佐川くんも、唇を噛んでしばらく黙っていた。

みんなの心にはもちろん「残念だ」という気持ちもあるけれど、この二年と少しの期間の思い出が胸に迫ってもいたと思う。それぞれ気持ちの整理ができたのか、帰るときにはみんなすっきりした顔をしていた。これからは進路に向かって集中することになる。

「お疲れさま～」

「気を付けてね」

会場の外でみんなに別れを告げる。

楽器は運搬業者が運ぶことになっていて、毎回各学年から二、三人が片付け係として学校に戻る。今回は、三年からは佐川くんとわたしが、部長と副部長の最後の仕事として行くことにしてあった。

顧問の先生が運転するワゴン車の一番後ろの席で、佐川くんとゆっくり話をした。今日のことや今までの思い出を語り合いながら、何度か涙が出そうになってしまった。

「龍野は山に行ってるんだっけ？」

部活の思い出話が途切れたとき、佐川くんが少し声をひそめてたずねた。プライベートな話なので気を遣ってくれたらしい。

「そうだよ。一昨日の土曜日から二泊三日。今日の夜に帰ってくるの」

龍野くんとのことは、佐川くんには気にせずに話せる。あんな現場を見られているから、今さら恥ずかしがっても仕方がない気がして。

「最後の大会なのに、見てもらえなくて残念だったな」

「うん。でもいいよ。龍野くんだって、大事な山登りなんだから」

そう。龍野くんにとっては受験前の最後の登山。しかも、大人に混じって本格的に行けるチャンスなのだ。

「ふうん。向こうから連絡来た？」

「来ないよ」

わたしの答えに佐川くんが顔をしかめる。

「まさか、まだ連絡方法がないとか……」

「ふふ、それはないよ。ちゃんと知ってる。向こうでは、スマホは緊急時のために電池をもたせたいって言ってたから」

「ああ、そうか」

「それに、伯父さんたちと一緒だと、わたしに連絡するのは気兼ねしちゃうんじゃない？」

「ふうん。理解のある彼女だなあ、連絡がなくても信じて待ってるなんて」

気にせずに話せると言っても、『彼女』と言われるとやっぱり恥ずかしい。

「まだ〝彼女〟って決まってないもん」

否定しながら頬が熱くなっているけど、強気の態度は崩さない。

「え？　まだ返事してないのか？」

「そう」

佐川くんが呆れた顔をしている。けれど、すぐに笑い出した。

「駒居ってさあ、怒ると龍野のこと呼び捨てにするんだって？」

「……なんで知ってるの？」

「いや、だって、龍野が言ってたぜ」

くすくす笑い続ける佐川くんに、わたしはなにも言えない。

「最初は愚痴かと思ったら、のろけ話でさあ。『駒居が素直に甘えられるのは俺しかいないからなー』なんて言ってくれちゃって」

龍野め！　佐川くんにそんなことまで話してたのか。

文句を言わなくちゃ！　と思う一方で、嬉しさも湧いてくる。わたしがどんなに強気に出ても、龍野くんはちゃんと理解してくれていると分かったから。

「駒居」

「なに？」

佐川くんはまだくすくす笑っている。

「甘えるってどんなふうに？　龍野の膝に座っちゃったりするわけ？」

「まさか！　なに言ってんの？　そんなわけないでしょ!?」

龍野くんが言っている「甘える」とは、わたしが怒ったりわがままを言ったりすることだ。膝に座るなんて、あまりのあり得なさに、恥ずかしくもならない。

「そうだよなー。駒居と龍野だもんなー」

「ふん。わたしは〝彼女〟じゃないからです」

「ああ、そうだったなあ」

そう言って佐川くんは声を殺して笑った。

わたしが「彼女じゃない」と言っていることを、龍野くんはあまり気にしていないみたいだ。あの何日かあと、龍野くんは照れながらこんなことを言った。

「いつから俺が駒居のことを好きだったのか、なんて訊かないでくれよ」

と。

「俺だって、どの時点からなのか、よく分からないんだから。でも、佐川が駒居を引っ張っていったとき、〝このまま負けたくない！〟って思ったんだ。それに今は、駒居と一緒にいられるだけで嬉しい。そのことだけははっきり言えるから」

それを聞いて、わたしは感動してしまった。そんなふうに気持ちをまっすぐに伝えてくれたことに胸がいっぱいになって。

〝いつからか〟なんてことはどうでもいい。小さな偶然が積み重なって、ふたりが少しずつ歩み寄って、だんだんと一緒にいると楽しいと思うようになった、という過程が優しい思い出として残っているから。そして、龍野くんとのこれからを考えることも楽しいから。

「あんまり待たせると、誰かに取られちゃうかもしれないぞ」

佐川くんがからかう。

「それはそれで仕方ないんじゃない？」

平気な顔をして強気な言葉を返す。けれど、心の中では佐川くんの言葉が引っかかっている。

もうちょっと優しくしたほうがいいのかな……？


『無事に帰ってきたよ』

真夜中に近い時間。龍野くんから電話がきた。

明日会う予定があるから連絡がなくても気にならないと思っていた。でも、こうやって電話をもらってみると、やけに嬉しい気分になって自分でもびっくり。

声が聞き取りづらいのは、龍野くんがこっそりと話しているから。夜中だということもあるけれど、マサミちゃんに気付かれないため、というのが大きな理由。

「お帰りなさい。お天気はよかったみたいだよね」

この三日間、天気予報はできる限りチェックしていた。天気予報だけじゃなく、新聞やニュースも。山は思わぬ事故もあったりすると聞いたので、心配だったのだ。

『うん。夜も晴れてて、星が綺麗だったよ。天の川も見えるくらい』

満足そうに報告してくれる龍野くんに、心配していたことは言わないでおく。今は龍野くんの楽しい気分を壊したくないし、会ったときに『本当は心配していた』と伝えたら嬉しそうな顔をしてくれるかな、なんて思って。

代わりに山で見たもののことを教えてもらい、わたしは今日の大会の結果を伝えた。

遅い時間でもあるし、マサミちゃんのことが不安でもあるので、長電話はせずに明日の確認をして電話を切った。

ベッドに入る前に、バッグからスケジュール帳を取り出して七月のページを開く。

七月二十一日の欄には赤色のペンで【大会】、そして緑で【山から帰る】と書いてある。

七月二十二日には、青で【ＰＭ　図書室で勉強】。

このスケジュール帳は、龍野くんとおそろいで買ったもの。少し大きめのサイズで、表紙の色は、わたしが赤で龍野くんが緑。

スケジュールを書くときは、どちらのノートにもわたしの予定が赤、龍野くんの予定は緑、そして、ふたりの予定は青で書くことに決めてある。

後ろの方のページには、龍野くんにもらった付せんが貼ってある。カバーの見返しには、これから使うメモや付せん。龍野くんとわたしは、これを使って、大事な連絡事項をやりとりしている。

これは、龍野くんのメールを見てしまうというマサミちゃん対策なのだ。なんだかアナログな感じがするけれど、わたしは結構気に入っている。

龍野くんがくれた、ちょっとかわいい丸っこい字が並んだ付せんやメモ。そこには彼の気持ちも込められているような気がして、見ているといつの間にかにこにこしている自分に気付く。

わたしは大事な連絡じゃないことも、龍野くんに言いたくなったことを付せんに書いておく。たいていはそれを「はい」ってあげるのだけれど、こっそりと見つからないように、龍野くんのスケジュール帳に貼っておくこともある。あとでそれを見つけた龍野くんが、どんな顔をするかな、と想像しながら。

わたしからのメモの出だしはいつも『ハックへ』。外の世界——山登り——が好きな龍野くんは、自由を求めて旅に出たハックルベリイと通じるところがあると思うから。それと……こちらの理由のほうが大きいのだけど、龍野くんはわたしにとって本当にハックルベリイだったから。

つらくて、ひとりぼっちのような気がしていたわたしに手を差し伸べてくれた。周囲に誤解される可能性があっても、自分の「良心の問題」と言い切って助けてくれた。

そんな優しさと強さを思い出すたびにわたしは胸がいっぱいになって、龍野くんとずっと仲よくしていきたいと思う。……なんてことは、恥ずかしいから龍野くんには内緒だけど。

いつでも簡単に電話したりはできないけれど、メモとスケジュール帳のおかげで、会えない時間も楽しい。用もないのにスケジュール帳を出して、何度も読み返したりしてしまう。かわいい付せんやメモを見つけると、つい買ってしまったり。

夏休み中のカレンダーには、赤の【夏期講習】の合間に青で【図書室】。ふたりの時間が合うときに、学校の図書室で一緒に勉強をすることにしたのだ。

毎日会えるわけではないけれど、夏休み中もこのスケジュール帳がわたしの元気のもとになることは間違いないと思う。それに、今日みたいにこっそり電話で話すのもふたりだけの秘密という感じで楽しい。

あとは、いつ龍野くんに返事をするか、なんだけど……。

たぶん龍野くんは、もう返事なんかいらないと思っているんじゃないかな。だって、わたしの言動を見ていれば、もう十分に分かっているような気がするんだよね。

それに、返事をしてもしなくても龍野くんの態度は変わらないと思うから……。もう少し今のままでもいいかな、なんて思っている。ダメかな?

『ハックルベリイとわたし』――完

第三話　春の日の魔法

図書室にお別れ

「図書室に寄っていったら？」

明るい瞳で俺を見上げて、児玉《こだま》先生が言った。

児玉かすみ先生は俺が二年生のときの担任だ。今朝、卒業式を終え、教室で最後のお別れをしたあと、俺は先生にお世話になったお礼を言いたくて職員室に来ていた。

小柄でショートカットの児玉先生は元気のよさが持ち味だ。でも、今日はいつもと違う式典用のシックなスーツ姿。

思いがけない言葉に児玉先生を見返したら、先生は続けて言った。

「部活をやっていたひとたちは部活のお別れ会があるでしょう？　野村《のむら》くんはどこにも入っていなかったけど、図書室が野村くんの部室みたいなものじゃない？」

ああ、そうか。

俺がこの学校で、教室の次に長い時間を過ごした場所。二年生の途中から、ほぼ毎日通った場所。

「そうですね。そうしようかな」

そこで思い出してつぶやいた。

「雪見さんにもあいさつしなくちゃ……」

図書室の雪見さん。去年の四月に転勤してきた男性の学校司書だ。

児玉先生が「ああ、そうだよね！」とぽんと手を打った。そんな仕草も、雪見さんのことを忘れていたらしいことも児玉先生らしくて懐かしくなる。三年生になって担任が変わってからは、直接話す機会はほとんどなかったから。

「じゃあ、これから行ってみます」

それから、姿勢を正してもう一度。

「児玉先生、本当にありがとうございました。これからもお元気で頑張ってください」

「うん。野村くんも頑張ってね」

目を真っ赤にしてハンカチを握りしめていた担任とは違い、児玉先生はすっきりとした微笑みで頷いてくれた。その表情は「あなたならきっと大丈夫」と言ってくれているようだった。俺が広い世界に出てやっていけると信じてくれていると感じた。

その瞬間、大きな塊がのどにこみ上げてきて、唇をギュッと結ばなくてはならなかった。卒業式にも担任のお別れの言葉にも心を揺さぶられなかった俺だったのに。

慌てて児玉先生に背を向けて、なるべく堂々として見えるように歩き出す。けれど、何歩か歩いてから、自分の言葉が足りなかったような気がしてきた。俺がどれほど児玉先生に感謝しているか、ちゃんと伝わっただろうか？

――いや、大丈夫だ。

児玉先生なら俺の気持ちを十分に分かっているはずだ。だから、ただ前を見て歩き続けた。

図書室へと続く廊下で、ふと足を止める。窓に近寄ると、体育館との間にある自転車置き場で話したり泣いたりしている生徒たちが見えた。校舎のどこかからは、誰かを呼ぶ声が響いている。

「お、野村、またな」

「うん。また」

駆け足で玄関へ向かう同級生。

――俺、この学校にちゃんといたんだ……。

不意にそんな言葉が浮かんだ。当たり前のことなのだけど、それは、俺には大きな意味がある。

ふと思い出して、濃紺のブレザーの襟から卒業生を表わす花のブローチを外した。雪見さんに会うときに花を飾っているなんて、あらたまりすぎているようで照れくさい気がしたから。その花を上着のポケットにそっと入れて歩き出す。

今日で最後だ……。

この廊下を何度歩いただろう。児玉先生の言葉のとおり、図書室での勉強が俺の部活代わりだった。

　手前から二つの入り口を過ぎて、いつも使っていた三つ目の入り口へ。その横には『休館日』の札が下がっている。戸のガラス部分から中を覗くと、電気が消えた室内には誰もいなかった。

　雪見さんもいないのかな……？

　でも、左手にある司書室へと続く扉が開いていて、中から光が漏れている。雪見さんは司書室にいるらしい。

　戸を引いてみると鍵はかかっていなかったので、そうっと開けて中に入る。電気が点いていなくても、昼間はそれなりに明るい。誰もいない図書室には、このくらいの明るさがちょうどいいように感じた。

　教室三つ分くらいの、左右に広がる図書室。正面には中庭に面した窓が横に広がり、その前に学習コーナーの机が並ぶ。右手奥は壁面書庫と背の高い本棚。机も本棚も木製で、いかにも「図書室」という真面目で落ち着いた雰囲気を醸し出している。一方、この入り口のすぐ右に設けられた自由席では明るく優しげな印象の薄緑色をした楕円形のテーブルが二つ並んで、気軽に生徒を迎えてくれていた。

　俺は隅っこにいただけだったけど……。

　いつも座っていた学習席、図書室の角にあるその席に目を向ける。すると、その椅子が今も俺を待っているような気がしてくる。

今日で見納めだと思うとやっぱり淋しい。このまま黙ってぼんやりしようかと思ったけれど、雪見さんを驚かすことになっては悪いので、声をかけることにした。

司書室を覗くのは初めてだ……。

開いている扉に近づきながら思った。

この扉はいつも閉まっていた。扉のガラスから中を垣間見ることはできたけれど、近寄って覗き込んでみたことはなかった。最後の日のちょっとした思い出——記念になるな、と思った。

すぐ前には大きな作業机。その上にはビンに立ててある刷毛や筆、はさみに定規テープ、そして大きなクリップで留めてある何冊かの本。とれたページがはみ出している本もある。考えたことがなかったけれど、雪見さんは本の修理もしているのだろうか。

右側の窓の前にはパソコンの乗った事務机。椅子の背にスーツの上着とネクタイがかけてある。奥には本棚がいくつか並んでいて、その間に背の高い雪見さんの姿を見つけた。グレーのカーディガンの上に黒いエプロンをかけている。

コンコン——。

どんなふうに声をかけたらいいか分からなくて、開いている扉をノックした。今になって気付いたのだ。ずっと図書室に通っていたのに、俺は一度も雪見さんの名前を呼んだことがなかった。

「ああ、野村くん」

けれど、雪見さんは俺の名前を知っている。本を借りたこともない俺の名前を。それはたぶん、あの日から。放課後にやってきた児玉先生が俺の名前を呼んだから。

笑顔で近づいてくる雪見さんを見ながら思う。このひとのことも懐かしい、と。受験のためにここに来なくなってからほんの少ししか経っていないのに。

この図書室がひとの形になったら、雪見さんそのものになるのではないだろうか。穏やかで、いろんなことをなにも言わずに受け入れてくれるような。静かに見守ってくれるような……。

「卒業、おめでとう」

親しみ深い笑顔。俺は雪見さんのこの笑顔を何度も見た。

「ありがとうございます」

答えながら思い出していた。雪見さんがこの黒いエプロンをかけることになった日のことを。

あれは、三年になってすぐのことだ。あの頃は図書室の利用者がほとんどいなくて、その日も図書委員が帰ったあとの図書室にいたのは俺だけだった。

そこに児玉先生がやってきた。転勤して間もない雪見さんの様子を見に来たのだ。そんなふうに同僚の先生にも面倒見のよさを発揮する児玉先生を見て、俺はなんだかほのぼのした気分になったのだった。

そのとき雪見さんは、児玉先生に図書室の雰囲気を明るくしたいと相談していた。それを聞いて、俺は自分が通っていた中学の図書室を思い出した。あの図書室はもっと広々としていて、白い机に軽い椅子、個別の学習机やパソコン席もある、明るくて機能的な場所だった。それに比べると、すべてが木製で茶色いこの学校の図書室は、落ち着いていると同時に少し重苦しい雰囲気があった。

そこで児玉先生が「カフェ風のエプロン」をしたらどうかと言ったのだ。それまで紺の作業着みたいなジャンパーを羽織っていた雪見さんに、「おじさんっぽい」とズバッとダメ出しをして。

当時の雪見さんは顔が丸くてお腹が出っ張っていたから、地味な服を着ていると本当におじさんっぽかった。実際、俺は雪見さんは結構な年だと思っていて、児玉先生の「おじさんっぽい」という言葉で「え？　若いのか？」と思ったのだ。ダイエットに成功して痩せた今は、二十代後半に見えるけれど。

そんな雪見さんに遠慮なく本当のことを言ってしまうところがいかにも児玉先生らしくて、俺はこっそり笑ってしまった。大人になったら他人の欠点は見て見ぬふりをするものだと思っていたのに。

隅っこの席だから気付かれないと思っていたら、児玉先生はちゃんと見ていた。そして、「ね、野村くん?」と同意を求めてきた。俺がちょっと焦りながら頷くと、勝ち誇った顔で雪見さんに「ほらね」と言った。

雪見さんは一瞬情けない顔をしたけれど、すぐに期待するような顔をして児玉先生を見た。その顔を見て、俺はまた笑いたくなってしまった。雪見さんはたぶん、エプロンを一緒に買いに行ってもらいたかったのだと思う。あの頃から、雪見さんは児玉先生のことが好きなのだ。

あれからずっと、どうなるかと思っていたんだけどな……。

何度かふたりが話しているところを見た感じでは、仲がいいのは間違いない。俺たちに対するのと同じ、明るくはきはきした口調で話す児玉先生を、雪見さんは幸せそうに微笑んで見つめていた。でも、ふたりが職場の同僚以上の関係なのかどうかは、俺には判断できないままだ。さっき、児玉先生が雪見さんのことを忘れていたことを考えると、雪見さんの存在は児玉先生にとってはそれほど大きくないのだろうか。

俺が密かに観察していたとは、ふたりともまったく気付いてないだろう。そして、心の中で雪見さんを応援していたことも。

「図書室にお別れを言いに来たのかな?」

いつもと変わらない穏やかな微笑みを浮かべて雪見さんが言った。

「はい」と答えながら、自分に会いに来たとは思わないんだな、と思った。会話はほとんどなかったけれど、あいさつくらいはしていたのに。

そう思って、すぐに気付いた。児玉先生もきっと同じことを考えたのだ。毎日顔を合わせていた雪見さんではなく、「図書室に」お別れをするのだと……。

ふたりのそういうところが好きだったんだよなあ……。

俺の心にある大事なものや思いを察して、自然に気を配ってくれるひとたち。

児玉先生は、俺がこの学校で一番お世話になった先生だ。そして雪見さんは、俺がこの学校で一番親近感を持っていたひと。ふたりとも、俺がそんなふうに思っているなんて知るよしもないだろうけど。

「ゆっくりしていっていいよ。本当ならコーヒーでも出してあげたいところだけど、残念ながら、なくてね」

図書室の電気を点けながら言われた言葉にふと楽しい気分になって、ぽろりと言葉が出た。

「せっかくカフェのマスターっぽくなったのに、残念ですね」

俺の言葉に雪見さんは一瞬きょとんとした顔をしたけれど、すぐに笑い出した。

「あははは！　そうだ。あのとき聞いてたんだよね？　まったく、児玉先生は遠慮がないから。ははは」

口では児玉先生を非難しつつも、雪見さんの笑顔は嬉しそう。

『でも、そういうところも好きなんですよね？』

からかう言葉は心の中にとどめ、俺はただ微笑んでみせた。

雪見さんは、俺が親近感を持っているなんて、思ってもみないだろう。いつも俺は目を合わせずにぼそぼそとあいさつをするだけだったから。心の中ではたまに話しかけていたけれど、現実では気軽に話しかける勇気が出なかったのだ。

——そうか、今が初めてだ。

雪見さんに笑顔を向けるのも、あいさつ以外の言葉を交わすのも……。

「あの頃は利用者が少なくて困っていたんだよ。野村くんが毎日来てくれて、どれほどありがたかったことか」

「そうだったんですか？」

思いがけない話だった。

「そうだよ。誰にも利用されない図書室なんて悲しいからね。本当に感謝してるんだよ」

感謝？　俺に？

胸の中がじわっと熱くなった。自分が誰かの役に立てていたとは思わなかったから。

――俺は、ちゃんとここにいたんだ。

さっきの言葉が実感をともなって沁み込んでくる。

曖昧で、どこにも属していないつもりでいた日々。けれど、そうではなかった。俺はちゃんと存在を認められていた……。

「好きなだけゆっくりしていっていいからね。僕はこっちにいるから」

胸が詰まってなにも言えない俺にもう一度穏やかな微笑みを向けて、雪見さんは司書室に戻った。

ひとりになって、あらためて明るい室内をゆっくりと見回してみる。さっきは静けさに沈んでいた図書室が、今は光の中で生き生きと語りかけてくるようだ。

こんなに清々しい気持ちで卒業できるとは思わなかった……。

明るい光と一緒に思い出せる高校生活なんて、自分には無縁のものだと思っていた。けれど今、心に浮かぶのは、この一年間図書室で見てきた楽しげな景色だ。

雪見さんが来て、図書室が変わったから。

そう。俺が三年生になってから、まず机の配置が変わった。それから少しずつ手直しされ、それに伴って利用する生徒が増えていった。今の図書室はこの学校の生徒が気軽に立ち寄れる場所になっている。

でも、それだけじゃない。

俺にとって図書室が特別な場所になったきっかけは、雪見さんと児玉先生のあのやりとりを見たことだった。俺が信頼する児玉先生の価値に気付いたひとが現れた、と思った。児玉先生に思いを寄せる雪見さんがとても身近に感じられたのだ。

それにたぶん、俺は最初から雪見さんのことが気に入っていたのだと思う。穏やかな雰囲気とか、生徒への接し方とか。……はっきり言葉にできないけれど、初日からなんの反発も感じずに、するりとそこにいることが当たり前の存在になった。そしてだんだんと、俺にとって恩師とも言える児玉先生と上手くいってほしい、と、密かに応援するようになった。

だからだと思う。図書室に来ると、なんとなく楽しい気分になった。

「このひとは児玉先生を好きなんだ」と思いながら雪見さんを見ると、胸の中が温かくなった。恋をしている雪見さんが楽しそうに本棚のあちこちに触れている姿は、まるで生徒が幸せになるようにと魔法をかけているようだった。

時間が経つにつれてその魔法が図書室全体に行き渡り、図書室がふんわりと優しい空気に満たされていくように感じた。そんな図書室にやってくる生徒たちも、みんな楽しそうに見えた。

そして、楽しそうな生徒たちを見ている俺も、穏やかに、優しくなっていくような気がした。

まるで雪見さんから恋のおすそ分けをしてもらっているみたいに……。

＊　＊　＊

俺が図書室に通い始めたのは二年生の夏休み前だ。

それまでの俺は、すべてにやる気をなくしていた。その俺を勉強に向かわせたのは児玉先生だった。

俺は、中学まで県外にある私立の中高一貫の男子校に通っていた。

学力の高いことで知られる伝統校で、偏差値の高い大学に多くの合格者を出していた。親の学歴も高い生徒が多かった。

中学受験で合格したとき、親も祖父母も喜んだ。もちろん、自分も嬉しかった。

入学祝いに、俺は銀縁メガネを買ってもらった。新しい制服でそのメガネをかけるといかにも賢そうに見えて、誇らしい気がした。

学校は楽しかった。

勉強では常にトップを争うグループにいた。文武両道をうたっている学校だったから、入っていたバスケ部の活動も充実していた。

そんな生活が軋み始めたのは中学三年のときだ。

夏休みが終わった新学期、俺は当時仲よくしていたふたりと一緒にいたずらを始めた。

特に理由も悪気もなかった。クラスメイトたちをちょっとからかうだけ。例えば、誰かの机の上にあるペンケースを隣の机に移動させておくとか。誰にも気付かれないようにやって、本人が首を傾げたり、周囲が笑ったりするのが楽しかった。

けれど、いつの間にかその対象が、特定のひとり——〝A〟としておこう——に絞られていった。たぶん、俺たち三人の中に、Aに対する嫉妬や偏見があったのかもしれない。裕福な家庭の生徒が多いあの学校のなかで、Aの家は特に裕福だと言われていた。

Aの戸惑いや困った様子を見ると、意地の悪い満足感があった。そして、当然のように、Aに対するいたずらは少しずつエスカレートしていった。

移動させるものが机の上のペンケースから、机の中の教科書やノートになり、体操着や靴になった。

移動させるだけではなく、簡単には見つからない場所に隠すようになった。

こうなると、もう〝いたずら〟ではなく〝いじめ〟だ。今ならはっきりとそう言える。けれど、あのときの俺たちは〝遊び〟の一種だと思っていた。——いや、心の中ではそれが遊びの範囲を超えていると気付いていたけれど、「このくらいのこと、なんでもないことだ」と自分で思い込ませていただけだ。

Aは唇を噛んで耐えているだけで、誰にも相談していなかった。それを見ると罪悪感でイライラしてしまい、そのイライラをAのせいにして、さらにAをいじめる言い訳にした。

その一方で、心の中ではAが言い返すとか、殴りかかってくるとか、とにかく俺たちに対してなにか行動を起こしてくれないかと祈るような気持ちも生まれていた。そうすればやめる理由ができるのに、と。

本格的に冬に入るという頃、仲間のひとりがAのカバンを開けて財布を取り出した。そこで初めて、俺は「ダメだ」と言った。「やめよう」と。さすがに財布に手を出すのはまずいだろうと思ったから。それに、その頃は俺の罪悪感もピークに達していて、一刻も早くそんな遊びから手を引きたかったのだ。仲間のふたりは顔を見合わせただけで、すぐに財布をカバンに戻した。

俺はそのあとふたりに、「こんなことはもう面白くないからやめよう」と言った。すると、ふたりはまた顔を見合わせて、軽い調子で「そうだな」と言った。俺は、これでそれまでのイライラから抜け出せると思ってほっとした。

それでもAに対する後ろめたさは完全には消えずにいた。そんななか、俺は担任から呼び出された。

呼び出された先は生徒指導室。行ってみると、担任のほかに生徒指導の先生と母親がいた。部屋に漂う緊張感に、俺はすぐに、Aの件で呼び出されたのだと察しがついた。

消えない後ろめたさが嫌で、自分がしたことを早く忘れたいと思っていた俺は、それがこんな形で表面化したことに動揺した。でも自分が仲間を止めたと話せば、先生たちは分かってくれるだろうとも思った。

けれど、話を聞くうちに、俺の心は無力感に覆われていった。俺は仲間だと思っていたふたりに裏切られたのだ。

いや。あのふたりにとっては、裏切り者は俺だったのかもしれない。「やめよう」なんて言ったから。

先生の話はこうだった。

Aがあのふたりと一緒に担任のところに行き、自分がいじめの被害に遭っていたことを話した。

その被害の内容は、俺たちがやってきたことそのままだった。けれど、最後は俺の知らないことだった。

俺以外のふたりはAに謝った。そして、いじめを先導していたのは俺――。

反論しようと思えばできたのだと思う。でも、その話を聞いた時点で、〝もうどうでもいい〟と思ってしまった。

先生たちにとっては、ふたりがAと一緒に申し出てきたという事実がある。一応、「きみの話も聞きたい」と言われたけれど、先生たちの態度はまるで刑事ドラマの取り調べみたいで、俺を首謀者だったと決めつけているのはありありと分かった。

俺の成績がよかったことが、俺がほかのふたりよりも優位に立っていたという証拠のように思われていることも、言葉の端々に感じた。

俺はその話を認め、母親はただひたすら頭を下げた。俺もぼそぼそと反省の言葉を口にした。

母親はAの家に謝りに行くと言ったけれど、先生は、『本人が家族に言いたくないと言っているので』と学校の中で収めることになった。俺は反省文を書き、母親は家庭での指導をしっかりとするように、と言われた。

その晩、俺は両親に叱られた。

父親も母親も、それまでいい子だと思っていた俺の素行にがっかりしたに違いない。けれど、ふたりとも自分たちの気持ちについてはなにも言わなかった。ただ、他人をわざと傷付けること、見つからないのをいいことに悪いことをするのがどんなにひどいことかをこんこんと俺に言い聞かせた。

俺はただ黙って頷いていた。ふたりの表情を見れば、今回の俺の行為に落胆し、悲しんでいることは十分に分かった。そして俺はすでに心の中で、もうこんなことは絶対にやらないと決めていた。

説教が終わって解放されたとき、俺はふっと、最後の部分だけは違うと言ってしまった。どうでもいい、誰にも信じてもらえなくてもいい、と思っていたのに。

だけど、誰もが俺が一番の悪者だと思っている、ということがなんとも言えない気分だったのだ。たとえ信じてもらえなくても、俺が本当のことを伝えようとした事実は残るはずだと思った。

両親は俺の話を信じてくれた。さらに、学校に説明しようとも言ってくれた。

でも、それは断った。

先生たちが俺に偏見を持っていると感じて、なにを言っても無駄だと思ってしまったし、親に庇《かば》われるのは嫌だった。だから、そのままにした。

翌日、学校に行くと、クラスメイトたちは俺を避けた。あいさつをしても引きつった顔を返されるばかりで、俺は自分の立場を知った。

Aをいじめていた首謀者、最後まで名乗り出なかった卑怯者、だ。

俺は覚悟を決め、距離を置くクラスメイトたちの方には視線を向けずに、誰とも話さない学校生活を送った。

十二月の半ばにまた親と一緒に呼び出された。そして、「内部進学はさせられない」

と告げられた。学力要件は満たしているが、素行に問題があるから、と。エスカレーター式に進学できるこの学校で、進学できない理由はそれしかない。

驚いた母親は、その場で俺が首謀者ではなかったことを説明した。けれど、先生たちは会議で決まったことだと言うし、母親の言葉は単なる身内びいきだとしか思ってもらえなかった。

俺はその話を聞いた時点で見捨てられたんだと感じ、その学校に通い続ける気持ちがすっかりなくなってしまった。そして自分の将来が閉ざされたような気がして、捨てばちな気持ちになった。

だから、弁明を続ける母親を止めて家に帰った。

夜、父親にその話をしながら涙を拭《ぬぐ》う母親を見て、あの学校に合格したことを喜んでくれたふたりには悪いことをしたな、と思った。

両親は必死でいろいろな高校のレベルや入試日程を調べてくれた。

俺は小学校時代の知り合いに私立の学校で内部進学しなかった理由を詮索されないよう、なるべく遠くの学校にしたくて、片道一時間以上かかるここを選んだ。親はもっとレベルの高い学校を勧めたけれど、とにかく距離が遠いほうがよかった。

中学の卒業式のあと、Ａが俺に謝りに来た。

Ａは俺が内部進学できなかったことを知って悩んでいたと言った。そして、担任への報告は、あのふたりの提案だったと打ち明けてくれた。

提案と言っても、半分は脅しのようなものだ。あのふたりがAへの行為をやめる代わりに、俺がいじめのリーダーだったと証言するように、と。

そう話すときのAはとても苦しそうだった。ふたりに協力したことで俺が学校から追い出されることになるとは思わなかったと言った。自分を責めているのは彼の表情でよく分かった。

そんなふうにAに謝られたことが胸にこたえた。

先にちょっかいを出したのは俺のほうなのだ。俺の行為がAに辛く悲しい思いをさせたのだ。なのにAはこうやって謝っている。そして俺は最後まで——そのときも——Aに謝ることができなかった。


高校の入学式を迎えても、俺はなんの希望も持っていなかった。

とにかく三年間、学校に通っているだけでいいと思っていた。

一方で、外で中学の知り合いに会うのを恐れて、銀縁メガネをやめてコンタクトにした。

鏡に映った俺は、覇気のないぼんやりした高校生だった。それを見ながら、これが本当の自分だったのだ、中学時代の俺はなんて傲慢《ごうまん》だったのだろう、と思った。

新しい級友に話しかけられても、簡単に頷いたり、相槌を打ったりすることしかしなかった。誰かと親しくなるつもりなどなかったから。

そのうち、俺はおとなしい性格だと判断されたらしい。無視されるということではなく、適当に放っておいてもらえるようになった。

自分がなにも望まずに高校生活を送っているのだと思っていたのに、大きなショックを受けたのは六月のこと。初めての中間テストのときだ。

この学校は成績を貼り出したりはしないけれど、個人別の成績表をくれる。各科目の点数と学年での順位を入れたものだ。

俺はどの科目も上位に入っていたものの、一位の科目はひとつもなかった。それがショックだった。そして、そうやってショックを受けたということに、もっと落ち込んだ。

〝どうでもいい〟と言いながら、心の底では自分がトップを取れるものだと当然のように思っていたのだ。この学校のレベルなら、あの中学で上位だった俺には楽勝だと。

そんなことを思っていた自分に嫌気がさした。成績がよかったというプライドにこだわって、中学時代の傲慢さを未だに捨てきれずにいたなんて。

自分を軽蔑した。

それから俺は自分の気を引くものを慎重に自分から遠ざけた。そして死んだように一年間を過ごし、二年生になって、児玉先生が担任になった。

児玉先生は、体は小さいけれど、〝元気〟というオーラを全身で発散しているようなひとだった。

ショートカットで、くりくりした目をしていて、よく通るはきはきした声で出席を取った。校内ですれ違うと、いつも楽しそうに「野村くん」と声をかけてくれたり、微笑んでくれたりした。

児玉先生を見ていると、意地を張ることが無意味に思えて、なんとなく肩の力が抜けるような気がした。そしてそれは俺だけが感じたことではなかったらしい。普段は悪ぶっている生徒も、児玉先生が相手だと自然と笑顔が出るようだった。

担当教科が家庭科だということも、児玉先生をほかの先生と違った存在に感じる理由のひとつだったと思う。児玉先生は何度も「家庭科はあなたたちが楽しく、幸せに暮らすための科目」だと言っていて、その言葉からも授業からも、児玉先生の俺たちの幸せを願う心が伝わってくるような気がした。でも、それだけじゃない。

児玉先生は相手の性格を見抜く……というか、感じるのではないかと思う。

性格というよりも、それぞれが抱える葛藤や悩み、だろうか。それらを不思議な勘で察知して、俺たちの存在の一部として受けとめ、同時に温かく見守ってくれるような気がする。だから、たいていの生徒が児玉先生になにか言われても「しょうがねえなあ」と応じてしまうのだ。

クラス替えから一週間くらい経った頃、夕食を食べているとき、母親から新しい担任はどうかとたずねられた。俺は少し考えてから、「いいんじゃない」と答えて夕食を食べ続けた。すると母親は、最初にびっくりした顔をしたあと、やわらかい表情になって「そう」と言った。ひとりで頷きながら、もう一度「そうなんだ」と嬉しそうな様子で繰り返した。

それを見たらはっとして、なんだか切なくなった。

あの事件のあと、俺は学校の話を聞かれてもほとんど「まあまあ」か「うん」で済ませていた。そんな態度に母親は、俺が学校のことを話したがらない……というか、学校に興味がないと気付いていていたはずだ。それでもときどきたずねずにはいられなかったのは、俺のことを心配していたからに違いない——。

そんなことにぼんやりと気付いて、俺はやっぱり子どもじみていて自分のことしか考えていなかったんだな、と思った。

だからと言って、俺の生活が変わったわけではなかった。勉強もせず、趣味もなく、毎日学校に行くだけの日々。

ただ、そうやって過ごしながら、なんとなく〝このままでいいのか？〟と自分に問いかけるようになってはいた。

俺が変わる最初のきっかけは、六月の終わりに行われた三者面談。放課後の教室で、児玉先生と母親と俺で向かい合ったとき。

俺は学校ではなにも問題を起こしていないし、なにを言われても構わないと思っていた。でも母親は、中学で呼び出された経験で、面談や懇談会はとても緊張するらしい。前の年の面談では、関節が白くなるほど強くハンドバッグを握りしめていたのを覚えている。

その日も、廊下で順番を待つ母親は表情が硬かった。俺にぽつりぽつりと話しかけながら、外を見ることで不安な顔を隠そうとしているように見えた。

けれど、児玉先生と向かい合って座ると、母親の不安は戸惑いに変わった。予想と違う児玉先生の無防備な笑顔に混乱した、とでもいうのか……。

児玉先生は淡々と、学校での俺の様子を話していった。

〝淡々と〟と言っても、児玉先生の話し方はどこか親身で優しい。合間に挟まれるふわりとした微笑みにもほっとする。

それを聞いている母親から緊張と警戒が解けていくのが分かった。次第に先生の言葉に頷いたり、質問をしたりするようになり、ちらりと笑顔も出た。

それから進路の話になり、俺の成績について話した。

その頃の俺の成績は中の下くらいだった。目立たずに三年間過ごすには、そのくらいがちょうどいいと思っていた。両親からはときどき「大丈夫なの？」と言われたけれど、いつも「うん」と答えていた。目を逸らして返事をする俺に、ふたりはそれ以上はたずねなかった。

でも、母親は本当はずっと心配だったらしい。児玉先生が資料を見ながら「一年前期の中間テストでは、とっても成績がよかったようですけど？」と言ったとき、今までの我慢や不安が一気にあふれたのか、涙を流しながら俺の中学のときの事件まで遡《さかのぼ》って話し始めた。

俺は隣でどうしたらいいか分からなくて、ただ下を向いて座っていた。こんなところで泣いてしまった母親への反発と、心配しながらも、俺に余計なことを言わずに静かに見守っていてくれていたことへの感謝と申し訳なさを感じながら。

とにかく言うことも、すべきことも分からなくて、ただ下を向いているしかなかった。

児玉先生はうちの母親が泣いても驚かず、落ち着いた様子で話に頷いていた。

一通りの話を聞き終わると、母親に心のこもった表情を向け、「いろいろとご心配でしたね」と言った。その言葉で母親がまだ涙をふきながらも顔を上げて微笑んだので、俺はほっとした。

それから児玉先生は、今度は俺に向かって静かに言った。

「悲しかったね」

そのひとことが、俺の胸を詰まらせた。

「悲しかった?」ではなく。

「辛かったね」でもなく。

ただ、「悲しかったね」と……。

息を止めて歯を喰いしばらないと、俺まで泣いてしまいそうだった。

——悲しい。

自分の心の状態に一番ぴったりくるのはその言葉だった。あの事件以降、それは考えないようにしてきたけれど。

だって俺は「悲しい」なんて言える立場じゃない。

Aを傷付けた俺に、悲しむ権利なんかない。

仲間に裏切られたことも、クラスメイトから避けられたことも、内部進学できなかったことも、全部自業自得だ。

だから、「悲しい」なんて言うのは自分勝手だ。

——だけど、悲しいのは仕方ないんだ。心がそう感じてしまうのだから。

児玉先生のひとことが俺を解放してくれた。悪いことをした人間には悲しむ権利などないという思いから。

母親が、俯いた俺を見てまた泣き出した。そして嗚咽《おえつ》の合間に「ありがとうございます」と児玉先生に言ったのが聞こえた。

先生は慌てて「わたしはなにもしていません」と言っていた。でも、母親の言葉は俺の気持ちと同じだった。

その夜、シャワーを頭からかぶりながら、あの事件のことを思い返してみた。その中で一番の心残りだったことは――。

「俺のほうこそ、ごめん」

やっと、声に出せた。

Aに言いたかったこと。

あの日に言えなくて、もう取り返しがつかないと思っていたこと。

自分の声が耳に聞こえたらほっとして、それまで止めていた涙がこぼれてきた。誰にも見られることのない風呂場で、シャワーのお湯と音に隠れて、思いっきり泣いた。

児玉先生が俺を呼び止めたのは、それから何日かあとのことだった。調理実習が終わり、生徒がバラバラと調理室を出ようとしていたとき。俺を追いかけてきて、いきなり言ったのだ。くりくりした目で俺を見上げて、ちょっと微笑んで。

「やっぱりね、もったいないと思うの」

調理実習のあとだったから、俺がなにか食材を無駄にしてしまったのかと思った。

でも、先生が言いたかったのは料理のことではなかった。

「勉強ってね、やったことは絶対に無駄にはならないよ。思いがけないときに役に立つことだってあるんだから」

予想外の話題で曖昧に頷く俺を見上げて、児玉先生は真剣な顔で続けた。

「身に付けた知識は、使い方を間違えなければ、そのひとを裏切らないと思う」

〝裏切らない〟。

その言葉にドキッとした。そして気付いた。裏切られることこそが、俺が恐れていることだったのだと。

他人を……自分自身さえも、信じることができなかった。だからなにも行動を起こさずに生活してきた。なにも期待せず、誰も傷付けずにいられるように。

先生は「ね？」と微笑んで、何事もなかったように教卓に戻って授業の片付けを続けた。それを見ながら、どうしてこの先生はこれほど俺の気持ちを言い当てるのだろう、と思った。

片付けをする児玉先生の横顔はいつもどおりの楽しげな表情だった。ときどき声をかけていく生徒ににっこりと微笑みを返して。

それを見て分かった。

児玉先生は俺たちのことを信じている。俺たちの中に未熟さがあることを知ったうえで、俺たちが成長できると信じてくれているのだ。俺たちの、未来へ向かう力を――。

家に帰ってから、児玉先生に言われたことをよく考えてみた。それから、家族の気持ちや自分の将来のこと。そして、それまで何度か浮かんでいた疑問。

〝このままでいいのか？〟――。

眠りにつくまでいくつかの考えがぐるぐると頭の中をめぐっていた。

でも次の朝、カーテンを開けて朝の光を浴びたら心が決まった。勉強くらいはちゃんとやってみよう、と。

両親はほっとするだろうし、俺が勉強しても誰の迷惑にもならない。それに、児玉先生の『身に付けた知識は裏切らない』という考えが気に入った。確かに、俺の中に蓄積した知識は俺だけにしか使えない。

勉強するなら図書室に行こう、と、自然に思った。あの中学では、図書室で勉強するのは普通のことだったから。

ところが。

放課後に行ってみて驚いた。図書室はあまりにも閑散としていた。学習コーナーにいたのは、三年生がふたりだけ。

その頃の図書室はカウンターと壁際の本棚の間に学習コーナーが横たわっていた。三年生が窓側の六人机をそれぞれひとつずつ使っていたので、俺は廊下側の四人机を使うことにした。

本を借りに来ている生徒が帰ってしまうと、図書室はとても静かになった。三年生の威圧感もあって室内はピリピリしており、ノートをめくる音をさせるのも怖いほどだった。

それでも俺は図書室に通い続けた。夏休みも、図書室が開いている日はずっと。勉強をしている姿を親に見せるのが照れくさかったというのが理由のひとつ。もうひとつは、俺のことでお金がかからないように。

べつに、うちが貧しいわけじゃない。どちらかというと余裕があるほうだと思う。でも、俺は中学は私立だったし、その受験のために小三から塾に通っていた。それにかかったお金を全部無駄にしてしまった。だから、それ以上は余分なお金をかけさせたくなかったのだ。

図書室なら冷房もあるし、半年分買った通学定期も無駄にならない。

そう思って、ひとりで図書室に通った。そして、誰とも話さない放課後を過ごした。

結果はすぐに出た。九月の期末テストでは、どの科目も大きく順位が上がったのだ。

そのことが思っていた以上に嬉しくて、自分で驚いた。そこには一年生の最初のテストのときとは違う、純粋な喜びがあった。自信もつき、その後も順調に成績は上がっていった。

児玉先生は俺が図書室で勉強していることをちゃんと知っていて、成績が上がったことを、廊下で会ったときに褒めてくれた。「すごいね！　よかったね！」と、まるで小学生を褒めるように。そして、自分のことのように嬉しそうに。

そんなふうに褒められたことが、成績が上がったことよりも嬉しかった。……喜んでいる自分がちょっと恥ずかしかったけど。

クラスでは相変わらずひとりで過ごしていた。でも、肩の力が抜けたことで、秋の修学旅行ではそれなりに楽しめた。いろいろなものに興味を持てたし、クラスメイトの冗談を聞いて、それを面白いと思えるようになった。それまでの俺は、孤立するために意外なほどエネルギーを使っていたらしい。

ある女子からは「表情が穏やかになったね」と言われたりもした。そんなことがあるたびに、児玉先生のおかげだな、と思った。

三年生になって担任が変わったときは淋しかった。

でも、それで余計に図書室通いを続けようと思った。児玉先生に背中を押してもらった勉強を続けることが、先生との絆のように思えたから。

放課後になって図書室に行くと、知らない男のひとがいた。

背が高くて太り気味で、〝熊みたいな大きなひと〟という印象だった。図書室のレイアウトが変わっていて、戸惑いながら入り口で立ち止まっていた俺に、笑顔で「こんにちは」と言ってきた。

それから「新しい司書の雪見です」と自己紹介をして、新しいレイアウトの説明と、フタ付きの飲み物はOKになったことを教えてくれた。

それを聞きながら、このひとの声が好きだな、と思った。やわらかなその声は、静かな図書室にピッタリだった。

学習コーナーは窓に沿って、縦長に並び替えられていた。その中から俺は一番左端、司書室側の角の席を選んだ。図書室の本当の隅っこだ。座って前を向くと、図書室全体が見渡せた。

あらためて室内を見回してみると、今までよりも明るくなったように感じた。単純に、それまで俺が座っていた場所が廊下側だったせいかもしれないけれど。

窓は広くても校舎に囲まれているこの図書室には、ほとんど日の光は入らない。けれど、新しい司書のもとで新しいレイアウトになったことが、図書室に新鮮な空気を呼び込んでいる気がした。

児玉先生との接点がなくなった淋しさが、その新鮮な雰囲気でなんとなく慰められた。そして新しい気分でスタートが切れそうだと思った。

雪見さんは図書室の改革をしようとしていた。あまりにも閑散としている図書室に、生徒の目を向けさせようと。それを児玉先生に相談していたときに、カフェ風エプロンの話が出たのだった。

ほかには、学習コーナーとは通路を隔てた廊下側に〝自由席〟という場所ができた。もともとあった勉強用の机を分けて置いてあるだけだったけど。

次の週には、玄関に【待ち合わせには図書室をどうぞ！】というポスターが貼ってあった。

五月になると、月替わりの特集コーナーができた。

夏休みの終わりには、自由席が綺麗な薄緑色の机に変わった。

雪見さんの改革が進むにしたがって、図書室に立ち寄る生徒が増えていった。

本を借りる生徒。

自由席で雑誌を読んだり、おしゃべりをしたりする生徒。

新聞を読みに来る生徒。

勉強しに来る三年生もだんだんと増えて、帰りにあいさつを交わす相手もできた。

たまに問題の解き方を教えてほしいと言われることもあった。

こんなふうに図書室に来る人数が増えても、不思議とうるさいと思ったことはなかったし、学習コーナーが満席になるほどのことはなかった。そして、隅っこの席はいつも空いていた。まるで俺の席として予約してあるみたいに。

俺はその席でときどき顔を上げて、そっと図書室を見回すのが習慣になった。

周りの様子を気にしてみるのは、高校に入ってから初めてのことだった。いつも自分の机か、前の席の椅子をぼんやり見ているだけだったから。

ゆっくり見回すと、ほかの生徒たちがいろいろな表情でいろいろなことをしていた。それらがちょっと不思議で、とても興味深く思えた。

べつに、俺に楽しいことが起こると思ったわけじゃない。ただ図書室で起きていることを見ているだけで楽しかった。

同年代の他人に興味を持つようになったのは、とても久しぶりのことだった――。

図書室に来る生徒は実にさまざまだ。

真面目に勉強目的で来ている生徒もいれば、単にのんびりするために来る生徒もいる。入り口からおずおずと覗いている生徒は、雪見さんに「いらっしゃい」と言われると、照れながら入ってくる。

密かに期待していたけれど、放課後の図書室で雪見さんと児玉先生の姿を一緒に見ることはほとんどなかった。

でも、図書室にカップルで来る生徒はいた。なかには図書室で勉強するようになった生徒同士が付き合い始めることもあった。彼らの仲のいい様子は見ていて微笑ましかった。

校内でも、登下校の道でも、仲のいいカップルはどこにでもいる。けれど、図書室にいるカップルたちは、少し特別に見えた。ほかの場所で見るよりも落ち着いて、優しい感じに。雪見さんの魔法の影響かも、なんて思った。

いろいろなカップルがいたけれど、一番印象に残っているのは龍野と駒居だ。夏休みから、ときどき一緒に勉強をしに来るようになった。俺はふたりとも知っていたけれど、この組み合わせは意外に思ったことを覚えている。

彼らはどちらも真面目で、図書室にいるときはあまり話をしない。お互いに勉強を教え合うこともなく、ただ隣同士でノートを開いている。

たまに話しかけるのは龍野のほうで、おそろいの手帳を見ながらなにか打ち合わせたりする。そういうときの龍野はとても嬉しそうなのに、駒居はいつもクールな表情のままだった。

そんな駒居がものすごく楽しげな顔をすることがある。

それは決まって龍野が席を外しているとき。付せんのメモにせっせとなにか書いて、こっそりと龍野の手帳に貼るのだ。

自分の手帳をそっと見ながらにこにこしていることもある。そういう顔を龍野に見せてやればいいのに、と思ったけど、ふたりにはふたりの事情があるのだろう。

一度、その付せんメモを拾ったことがある。床に落ちていたらしく、上履きにくっついていたのだ。よく考えずに手に取ったら、『ハックへ。明日は十五夜だよ』と書いてあった。

見てしまったあとで、その葉っぱ型のメモに見覚えがあることに気付いた。考えた結果、つい三十分くらい前に、隣の机にいた駒居が楽しそうにつまんでながめていたものだと思い出した。どうやら「ハック」というのは、どちらかのニックネームらしい。図らずもふたりの秘密を覗いてしまったことに気付いてドキドキした。

その辺のゴミ箱に捨てるのも悪いし、かと言って返すのも変だし、とても困った。仕方なく、家に持って帰ってから、そっと処分した。心の中でふたりに「落とした自分たちが悪いんだぞ！」と言いながら。

そんなふうに図書室に来るカップルたちを見ても、俺は羨ましいと思ったことはなかった。

ふたり連れを見ながら、いい組み合わせだなあ、なんて思うだけ。まるで評論家みたいに。自分が恋をしたいと思うことはなく、誰かを応援するだけ。そんな自分はなんだか年寄りのようだと思った。

今、こうやっていつもの席に座っていると、いろいろな景色を思い出す。その中でひとつだけ、引っかかっていることがある。引っかかる、というか、消化不良というか、心残りというか……。

＊　＊　＊

あれは十一月の後半だったと思う。いつものように図書室で勉強しているときだった。

ふと顔を上げると窓の外はもう真っ暗で、今日の帰りは星が見えるかなあ、と考えていた。

そのとき、いつも耳にしているページをめくる音とは違う音が聞こえた。紙の音ではあるのだけれど、教科書やノートよりももっと厚くて硬めの紙。そう、封筒を開けたときのようなガサガサした音だ。

音につられて室内を見回すと、普段とは違う景色。いつもその時間には誰もいなかった自由席に、ひとりの女子生徒が座っていた。本棚側の端の、学習コーナーに背を向けている席。長い髪を一本の三つ編みにまとめ、少しうつむいて。

机の上には口の開いた大きめの紙袋が置いてあった。聞こえたのはその紙袋の音だったようだ。

少し離れた俺の席からだと、彼女がなにか作業をしているのが分かった。机の上でしきりに手を動かしている。ときどき手を休めてじっとなにかに目をやるのは、説明書のようなものでも見ているに違いない。

その動作のあとで彼女がなにかを引っ張るような仕種をすると、紙袋からころりと青っぽいものが出てきて床に落ちた。なんの音もさせずに落ちたそれを拾い上げた彼女の手にあったのは、水色の毛糸玉だった。彼女は編み物をしていたのだ。

誰かへのプレゼントかな……。

そう思ったのは彼女がひとりで来ていたからだ。秘密にしたいのかな、と。たびたび首を傾げながらも根気よく取り組んでいる様子は微笑ましくて。

クリスマスまで約一か月。なにを編んでいるにせよ、きっとそのくらいあれば完成するのだろうと思った。それから心の中で、「この図書室で編めば、雪見さんの魔法がかかって幸せになれるよ」と教えてあげた。

図書室が閉館になるまで、彼女はずっとそこにいた。ときどき紙袋の音がガサガサと聞こえてきた。その音を聞いていると、不思議と心が和んだ。

その次の日。

俺が図書室に着いたとき、彼女はいなかった。けれど、一時間ほど経ったときにふと顔を上げると、いつの間にか来ていた。その日は自由席のカウンター側の端に座っていた。

前の日よりも近くに座っていたのに気付かなかったことが不思議だった。あの紙袋の音が全然聞こえなかったから。どうしたのかと思いながら机の上を見ると、そこに乗っていたのは赤い布製の袋だった。彼女は毛糸をその袋に入れ替えてきたのだ。

おそらく昨日、紙袋の音が室内に響くことに気付いて気にしていたのだろう。勉強している俺たちに悪いと思って、布の袋に入れ替えてきたに違いない。

そう思ったら、心の中がふわりと温かくなった。そんな気遣いができる彼女を、いいひとなんだなあ、と思った。そして、俺も周囲にそういう気遣いができる人間になれたらいいなあ、と自分でも驚いたけど、素直に思った。

今まで自分が誰かの心を温かくさせるような行為をしたことがあるとはまったく思えず、そんなことにやっと気付いた自分が恥ずかしいと思った。

その日は紙袋の音はしなかったけれど、少し目を上げれば彼女が見えた。

斜め後ろからは腕と手元の毛糸だけが動いているのが見えた。まだあまりなめらかとは言えないその動きは、不思議と俺の心を安らかにしてくれた。一心に編んでいたけれど、出来上がった部分はなかなか増えていかず、俺は心の中で何度も「がんばれ」と応援していた。

そして。

その日の帰りに彼女を見かけた。

閉館時間に図書室を出て、部活帰りの生徒の波を見送ってから学校を出た。日の短い十一月は、六時を過ぎればもう真っ暗だ。

そんななか、俺よりも先に図書室を出た彼女が、学校から少し歩いた先の街灯の下で、うずくまって自転車の様子を見ていた。

俺は少し手前から、背中の長い三つ編みで彼女だと気付いた。自転車になにかトラブルがあったのだということも察しがついた。部活後の生徒がまだ何人か彼女の横を通っていったけれど、誰も彼女に声をかけなかった。

俺も面識のない彼女には話しかけにくくて、そのまま通り過ぎようとした。彼女も俺の方は見ていなかったから、気まずいことはないはずだった。

視線を向けないようにして、彼女と自転車の横を通り抜ける……つもりだったのに、ふと、自転車のカゴに入れられた赤い布の袋が目に留まった。それを見たら、黙って通り過ぎることができなくなった。

でも、足を止めたとき、心はまだ迷ったままだった。

どうやって声をかけたらいいのか分からない。俺の助けなどいらないかもしれない。余計なお世話だと言われるかも。でも、本当に困っているのだとしたら……。

慣れないことをしようとしているせいで、心臓はバクバクしてしまうし、口の中は乾いてきた。でも、ここで立っているのはとても変だ。かといって、そのまま立ち去ったら、いつまでも気になってしまうのは確実だった。

俺は思い切って口を開き、「あの」と声を絞り出した。

「ああ、野村くん」

彼女は俺の声に顔を上げ、ほっとしたように微笑んだ。

自分の名前を呼ばれたことにものすごく驚いた。彼女とは知り合いじゃないと思っていたから。しかも、彼女の様子だと同学年らしい。

覚えていなかったことが申し訳なくて、大急ぎで記憶をさぐった。けれど、彼女の名前はまったく思い出せなかった。とりあえずそのことを隠しながら、どうしたのか訊いてみた。今度はさっきよりも楽に声が出たのでほっとした。

彼女は、自転車のライトの電池が切れたらしい、と答えた。

「無灯火って違反なんでしょう？　途中に暗いところもあるし……」

そう言って、困った様子でため息をついた。

家までどのくらいかかるのかとたずねると、自転車で二十分くらいだと言う。歩いたら一時間近くかかるのだろうか。

「バスが駅から出ているけど、バス停と家もちょっと歩くのよね……。それに、自転車を学校に置きに戻らなくちゃならないし……」

彼女が学校の方を振り返って憂鬱そうに言った。

学校へ戻る通学路にはまだ下校中の生徒が歩いている。その道を逆方向に歩くのは気が進まないのだろう。

彼女がそうすると言うのなら、学校まで一緒に戻ってあげてもいいと思った。でも、すでに暗くなっている時間でもあり、バスで回り道をする方法を勧めるのはためらわれた。

かと言って、無責任に「ライトが点かないくらい平気だよ」なんて言うこともできない。途中でおまわりさんに叱られたり、事故に遭ったりしないとは限らない。

停めた自転車の横で考え込んでいる俺たちの横を、生徒が何人も通り過ぎていった。

迷いながら何分か経った頃、ふと考えついた。とても簡単なことだった。電池を買って、入れ替えればよかったのだ。

「駅前のコンビニで電池を買えばいいんじゃないかな?」

そう俺が言うと、彼女ははっとした顔をしたあとに、ぽんと手を合わせて「そうだ」と、にっこりした。そして、「さすが野村くん」と言って俺の顔を見た。

その笑顔を見ても、やっぱり彼女が誰なのか思い出せなかった。

そのまま自転車を引く彼女と並んで駅まで歩いた。隣を歩いてもいいのだろうか、と何度も思いながら。

　住宅街を駅へと抜ける道。

　街灯から街灯へと進むたび、俺たちと自転車の影が伸びたり縮んだりした。風に吹かれた落ち葉がカサカサと靴にぶつかった。

「進路は決まったの？」

　黙っていると気まずい気がして、俺はたずねた。彼女の名前を呼ばなくてもいいように、慎重に言葉を選んで。

「推薦の結果待ちなの」

　彼女は答えた。

「父が、公立の看護科ならいってもいいって言ってくれたから」

「看護科？　看護師ってこと？」

「うん。看護師ならひとの役にたつ仕事だし、求人もたくさんありそうだしね」

　きっぱりと「ひとの役に立つ仕事」と言った彼女に尊敬の念が湧いてきた。俺は大学進学を目指していても、社会に出たときのことはぼんやりとしか浮かんでいなかったから。自分はなにを考えて勉強してきたのか……と思うと、情けなかった。

「わたし、邪魔かな？」

　少しの沈黙のあと、彼女が突然そんなことを言った。

なんのことを訊かれたのか分からなくて見返すと、彼女は「図書室」と言った。

「みんなが勉強しているところで編み物なんかしてたら、気になる?」

と、おずおずと俺を見上げてたずねた。

「いや、全然」

俺が即答すると、彼女はほっとしたような笑顔を見せた。

「よかった。教室にひとりで残ってるのは怖いから」

「ああ、今はすぐに暗くなっちゃうからね。……家でやったら?」

言ってから、これでは邪魔だと言っていると誤解されるのではないかと思って焦った。けれど、彼女はそうは受け取らなかったようだった。

「ダメなの。家でやったらばれちゃうから」

言われてみれば当然だ。好きなひとにあげる編み物なんだから、家族には知られたくないに決まってる。そう気付いてから、このしっかり者の彼女が好きなのはどんな男なのだろう、とぼんやりと考えた。

彼女はあまりおしゃべりなひとではないようだった。口数は少なく、けれどそれは無口というよりも思慮深さを感じさせた。ゆったりと落ち着いたペースの話し方が大人っぽい雰囲気だった。

大きな瞳は真っ黒で、深い森の奥の湖みたいだと思った。その瞳でちらりとこちらを見てから「ふふふ」と小さくいたずらっぽく笑う様子は、なにか秘密を持っているように見えた。それをたずねるべきなのか、たずねないほうがいいのか……。迷ったまま時間が過ぎていった。

この約三年の間、ほとんど他人と関わってこなかった俺では、話が盛り上がることはないのは当然のことだった。それでも授業や先生の話をしていると、同じことを同じように面白いと感じていることが分かってほっとした。

誰かとゆっくりとでもこんなに会話が続いたことが、自分でも意外だった。彼女と話しているとき、俺は自然に笑っていた。コンビニに着いたときには、そこまでの道がいつもよりも短かったような気がした。

「電池を取り替え終わるまで見ててもらってても構わない？」

コンビニの前に自転車を停めた彼女が言った。

「自分でできると思うんだけど、ちょっと心配だから」

あごの前で手を合わせて申し訳なさそうに頼む彼女に俺は頷いた。頼まれなくても、彼女が無事に出発するのを見届けないまま帰るつもりはなかったのだ。

彼女は俺に荷物の番を頼んで、コンビニに入っていった。……と思ったらすぐに戻ってきて、ライトの電池のケースを開けて電池の型を確認し、また小走りに店に入った。そのとき彼女が浮かべた親しみのこもった照れ笑いに心が和んだ。

大人っぽく見えたけどやっぱり高校生なんだ――。そんなことを思って、気付いたらひとりで微笑んでいた。慌てて拳で口許を隠し、咳払いをするふりをして、笑っていたことをごまかした。

電池を買って戻ってきた彼女に、俺は「やってあげようか」とは言わなかった。彼女なら自分でできるような気がしたし、できなくても簡単に他人を頼りにするようなひとではないように感じたから。

予想どおり、彼女はスムーズに電池を交換し、ライトがちゃんと点くのを確かめた。

「本当に野村くんのおかげよ。ありがとう」

お礼を言う彼女の笑顔を見たら、嬉しくなった。コンビニで買えばいいと言っただけでは、実際にはなにもしなかったのとあまり変わらないのだけど。

「じゃあ」と言いかけた俺に、彼女は制服のポケットからなにかをつかんで差し出した。つられて手を広げると、そこに乗せられたのは小さなチョコレートの包みが三つ。

「野村くん、家、遠いでしょう？　お腹空いちゃうから食べてね」

そう言うと、彼女は素早く自転車のスタンドを外して出発した。信号を渡る前に一度振り向いて笑顔を見せると、元気よく自転車をこいで行った。

ひとりになって駅へと向きを変えたとき、彼女が俺の家の場所を知っているようだったことを思い出した。

この学校でそんな話を女子にした覚えはなかった。男子にだって、数人に言ったかどうか。ということは、その中の誰かが彼氏なのかもしれない。そいつは幸せ者だな、と思った。

電車の中で、彼女と一緒にいた時間のことを何度も思い返した。そして、図書室で編み物をしている姿も。

思い出しながら、なにか不思議な感覚が湧き上がってきた。

こんなこと少し変かもしれないけれど、言葉で表すと〝魂が近い〟というのが一番当てはまる気がする。彼女の表情、言葉、瞳の中に、なにか、俺と同じものがあるような——。

もちろん、他人の彼女に言う言葉じゃないのは分かっている。それに、俺は彼女に恋をしているわけじゃない。

そういうのとは違うのだ。

ただ〝彼女なら〟なんていうか——なんなのだろう?

なにがどう〝彼女なら〟なのか、未だにはっきりとは分からない。

彼女と言葉を交わしたのはもう一度だけ。その翌日のことだった。

図書室の閉館時間で出るときに、彼女のほうから俺に声をかけてきた。通学バッグと一緒にあの赤い布袋を手に持って。

「昨日はありがとう」

明るい図書室の照明の下でも、彼女の黒い瞳は、吸い込まれそうな深い湖のようだった。

「こちらこそ、チョコレート、ありがとう」

俺も気軽なふうをよそおってお礼を言った。胸の中に、彼女から声をかけてもらったことへの驚きと喜びを隠して。

「コンビニがあってよかったね。暗い道はやっぱり怖いから」

俺の言葉に彼女は小さく笑った。そして、謎めいた笑みを見せながら言った。

「そうね。借金取りが出るかもしれないから」

「借金取り？」

暗い道で怖いものといえば、痴漢や幽霊ではないだろうか。なのに「借金取り」なんて言った彼女にびっくりした。

「そうよ。『借金のかたに娘を連れていく！』って、さらわれたら怖いでしょう？」

「そりゃあ、怖いけど……」

今どきそんな話があるのだろうかと思ったとき、彼女が下を向いて笑っていることに気付いた。そう、俺はからかわれただけだったのだ。

それに気付いていても、俺を笑っている彼女を怒る気にはならなかった。彼女のユーモアを面白いと思った……だけじゃない。俺は自分がからかわれたことが嬉しかったのだ。彼女が俺を近しく思ってくれている気がして。

玄関に着くと、彼女は一番手前の下駄箱に向かった。そこは一組と二組の下駄箱だ。八組の俺はもっと奥になる。

先に靴を履いた彼女が小走りにやってくる足音が聞こえた。上履きをしまってから振り向いた俺に、彼女は頭を下げた。

「では、さようなら」

そうだった。彼女は自転車通学だったのだ。

そのときまで、すっかり一緒に駅まで歩くつもりでいた自分に呆れた。

勝手な思い込みをしていた照れくささを隠すため、俺もふざけて丁寧に頭を下げた。

「はい。気を付けて」

彼女はにっこりと笑い、軽い足取りで歩いていった。

校舎の間を自転車置き場に抜ける手前で振り向いて手を振ったのが、薄暗い校舎の照明の中に見えた。それを見送りながら、彼女にふざけてみせたりした自分に戸惑いを感じていた。

それ以来、彼女と話す機会はなかった。

彼女は毎日図書室に来ていたけれど、話しかけていいのかどうか分からず、思い切って近付く勇気も出なかった。帰りに一緒にもならなかった。

クラスが離れているせいか、校内ですれ違うこともなかった。名前も相変わらず分からなかった。

俺は、図書室で編み物をしている彼女を、ときどき顔を上げてただ確認するように見ていた。

一緒に帰ったことを思い出して、もうあんなことはないのだと思うと、あのできごとが特別なことのように思えてきたりした。

彼女が編んでいたのはマフラーだった。

水色のマフラーは、順調に少しずつ長くなっていった。そしてその長さに比例するように、俺が顔を上げる回数が増えていった……ような気がする。

長くなることは終わりに近づくことだと思うと、少し淋しい気がした。だんだんと、俺にとっては彼女が図書室の景色の一部になっていたから。

十二月の半ば、視界の隅で彼女の動きを捕らえて顔を上げた。

自由席の彼女が両手を上げて伸びをしていた。

その右手に握っている編み棒には、もう毛糸が巻き付いてはいなかった。マフラーが仕上がったのだ。

そして、その日以来、彼女は図書室に来なくなった——。

冬休みが明けたあと、気付いたら朝や放課後に周囲を観察している自分がいた。登校する生徒を見回したり、下校時間は図書室の窓から見下ろしたり。

俺は探していたのだ。水色のマフラーを。

そんなことをしている自分を馬鹿みたいだと思った。彼女が誰を好きだろうと構わないのに。俺には関係ないのに。

もしかしたら、俺は野次馬根性が旺盛なのかもしれない。雪見さんと児玉先生のことも、ずっと気になっていたし。

でも、何日過ぎても見つからなかった。

そのうちに気付いた。相手はこの学校の生徒とは限らない、ということに。

結局、水色のマフラーは見つからないまま受験シーズンに突入し、三年生は自由登校になった。

俺は彼女のことはひとつの思い出として整理し、受験に集中した。とりあえず第二志望の私立大学には合格し、国立大学の入試も終わった。

そして、今日の卒業式。

一昨日と昨日は登校日で、受験日とかぶっていない生徒は出てきていた。

卒業式の練習をしながら、一度だけ彼女を見かけた。そして、はっとした。

卒業式ではひとりずつ名前を呼ばれる。そのときに彼女の名前が分かるはずだ。

一組か二組だということは分かっている。俺は八組だから、絶対に彼女よりも後方の席にいる。いつも図書室で見ていた彼女の後ろ姿は見間違えようがない。あとは先生が彼女の名前を呼ぶのを聞き漏らさないようにすればいいだけだ。

彼女の名前を知ることができる――。

そう思うと胸が高鳴るのを抑えられなかった。

この学校最後の日にようやく名前が分かるなんて、変かもしれない。もう会わなくなる相手の名前を知っても意味がないとも思う。

けれど、知りたかった。名前くらいは。

普段なら退屈に感じる卒業式。自分が卒業生でも、在校生の立場でも、ただ立ったり座ったり歌ったり、というだけのものだった。

でも、今年は違う。

事前に渡された式次第には、卒業生全員の名前が載っていた。けれど、それだけではどれが彼女の名前なのかは分からない。担任が呼ぶ名前をしっかり聞こうと、緊張してその瞬間を待った。

一組から順番に名前が呼ばれ始めた。

呼ばれるたびにひとりずつ立ち上がり、全員を呼び終わったところでクラスの代表が壇上に卒業証書を受け取りに行く。

一組を呼び終えたとき、その中に彼女はいなかった。

じゃあ二組なのか、と思ったとき、彼女が髪型を変えていたら分からないかもしれないと気付いた。その考えは思いがけずショックだった。壇上の一組代表を見ながら胸が痛くなった。そして今度は鼓動が大きくなったり、汗が噴き出してきたりした。

彼女の名前を知ることがどうしてこんなに重要なことに思えるのだろう。

はらはらしていたけど、俺の心配をよそに、二組の途中で問題はあっさり解決した。

「きりはら　あんず」

その声に「はい」と立ち上がったのが彼女だった。長い三つ編みは、図書室で見ていた後ろ姿とまったく同じだった。

一瞬、ほっとして忘れそうになってしまったその「きりはら　あんず」という名前を、慌ててインプットした。その場に式次第は持ってきていなかったけれど、「あんず」という名前なら、あとで見ればすぐに分かると思った。

そうやって記憶したせいか、式の間はずっと、二組の先生の「きりはら　あんず」

と呼ぶ声と「はい」という彼女の返事が頭の中に繰り返し聞こえていた。そのリフレインを聞きながら、やっぱり名前も記憶にないな、と思った。

式が終わってから教室で名簿を確認すると、二組に「霧原　杏」という名前が載っていた。それを見ていたら、コンビニまで一緒に行った日のことを思い出して、懐かしいような、切ないような気持ちがこみ上げてきた。

たった十数分程度のことをこんなに懐かしく思うのは、俺がこの学校でちゃんと人間関係を築けなかったせいだろう。クラスからはみ出すことはなかったけれど、俺には特に親しい友人といえる相手がいなかったから。

最後の日にようやく名前を知った。

けれど、俺が彼女の名前を口にすることはないだろう。それだけじゃなく、もう彼女と話すこともない。

——もう一度、話したかったな。

今、図書室にこうやって座っていて、初めて分かった。ずっと引っかかっていたこと。心残りだったこと。

そう。俺は彼女ともっと話したかったのだ。

具体的になにを、というわけじゃない。ただ単純に彼女と話したかった。ふたりでいろいろな話をしたかった。

でも、もう遅い……。
今日で終わりだから。
卒業したら、もう彼女との接点はない――。

雪見さんの魔法

――やっぱり俺には、そんな魔法かかるわけないよな。

図書室のいつもの席で、いつの間にかセンチメンタルな気分に浸っていた自分を笑った。

雪見さんの魔法。

彼の恋のおすそ分け。

べつに俺は、彼女のことを好きだっていうわけじゃないし……。

そもそも最初から、彼女には好きな相手がいたのだから。

それに、俺はただ、もう少し話してみたかっただけなのだ。

そう気持ちを整理するとすっきりした。背筋を伸ばして、もう一度、図書室を見回してみる。今は誰もいないけれど、この一年の間にここに来た生徒たちの楽しい気分が空気に溶け込んでいるような気がした。

この学校に通ってよかった。今、心からそう思う。

児玉先生や雪見さんに出会えたから。気持ちを分かってくれるひとがいると知ることができたから。

そろそろ帰ろう。そういえば、腹が減った。家まで遠いから、コンビニでなにか買って食べようか?

「ふ……」

思わず笑ってしまった。この学校に入学して以来、帰りにコンビニで買い食いするのは初めてだ。

──もういいよな?

不意に頭に浮かんだ言葉に、一瞬どう答えを出そうか迷った。けれど、すぐに迷いは消えた。

そうだ、もういい。

もう、十分だ。

そう言い聞かせるごとに薄い皮が剥がれ落ちて、自分が新しくなっていくような気がする。

学校帰りにコンビニに寄ってなにか食べるくらいのこと、高校生なら誰でもやっているだろう。でも、俺はそんな〝当たり前のこと〟を敢えてせずに過ごしてきた。それは──それが俺の償いだったからだ。

そう。今なら分かる。

入学当初、拗ねてふてくされていたのも本当だ。けれど、心の底にはいつもひとつの思いがあった。

同級生をいじめるような自分には、普通の高校生として日々を楽しむ資格がないという否定と戒めの気持ち。それがずっと離れなかった。

だから、児玉先生に出会って気持ちが癒されてからも親しい友人をつくらずにきた。楽しそうな生徒たちを眺めることで満足したふりをしてきた。

でも、もういい。

止まっているのは終わりにしよう。

ひとと少し距離を置きながら周りを眺めていた日々は、みんなそれぞれに喜びや悲しみ、希望や葛藤を抱いて生きていることに気付かせてくれた。苦しくても、失望することがあっても、もがきながら前に進もうと努力しているひとがたくさんいた。

俺もその中に踏み出そうと思う。Aを傷付けたという過去を抱いて。誰かの幸せのために手を貸せる人間を目指して。

俺を見守ってくれた児玉先生と雪見さんが喜んでくれるように。すでに将来を見据えて歩き出している霧原さんのように。——その手始めがコンビニで買い食いすることだなんて、我ながら情けないけど。

最後にもう一度図書室を見渡し、立ち上がって荷物を持つ。

司書室の中を覗いて、

「雪見さん」

初めて名前を呼んでみた。奥の本棚の間にいた雪見さんが振り向いてにっこりした。

それを見て思った。

呼びかければ、こっちを見てもらえる。当たり前のことだけど、こんなに嬉しくて、ありがたいことなのだ。

「もう行く?」

雪見さんは最後まで穏やかな表情のままだ。

「はい」

俺は晴れやかな顔をしているだろうか?

こんな俺にも思い出をくれた図書室に――雪見さんに、感謝の気持ちを伝えたいけれど、どんな言葉を使っても伝えきれない気がして……。

「お世話になりました」

そう言って頭を下げると、頭の上で雪見さんの「僕はなにもしてないよ」という温かい声がした。その声に、二年生の個人面談で同じことを言った児玉先生の声が重なった。

廊下まで送ってくれた雪見さんに、最後にもう一度お礼を言った。向かい合った雪見さんは、いつもと同じ口調で、

「頑張り屋の野村くんなら、これからも絶対、大丈夫だよ」

そして手を伸ばして、俺の頭をぽんぽんと優しく叩いた。

励ますように。

祝福するように。

その手の温かさに胸が詰まって、泣かないように、思い切って笑ってみせた。それに応えてもう一度微笑んだ雪見さんに背を向けて、まっすぐに歩き始める。

堂々として見えるように。

安心してもらえるように。

階段を降りる前に振り向いたら、もう雪見さんはいなかった。

――これで終わりだ……。

階段を降りながら思う。この学校で俺がやるべきことはもうない、と。

雪見さんの最後の言葉がゆっくりと胸にしみ込んでくる。

『野村くんなら、絶対、大丈夫だよ』

そして、頭に触れた手の温かさも。

一階の廊下から見える自転車置き場では、まだ立ち話をしている生徒がいる。玄関の向こうに見える中庭には、楽しげに写真を撮り合っているグループが。校舎にはまだ送別会をやっている部もあるはずだ。

下駄箱にも別れを言うような気分で自分の靴を取りに向かう。

卒業アルバムや卒業証書で荷物がかさばっているけれど、今日は重いとは感じない。

これは、俺がこの学校にいたという証だから。

八組の下駄箱の方へと足を踏み出すと、前方で黒い人影が立ち上がった。中庭からの逆光でよく見えなかったけれど、どうやら傘立てに座っていたらしい。

間違いなく俺に向かって近付いてくるそのひとは——。

「野村くん」

——彼女だった。

待っていたのだろうか？　俺を？

「あの……」

なにを言ったらいいのか分からない。胸の中に渦巻く言葉は、俺が隠しておきたいことをばらしてしまいそうで。

ただぼんやりとしかできない俺に、彼女は穏やかに微笑んだ。

「最後に話したいな、と思って」

——雪見さんの魔法……。

すぐに浮かんできたその言葉。

かかったのだろうか？　俺にも？

頭に、さっき雪見さんに触れられた感触がよみがえる。

励ますような。

祝福するような。

「ええ、と、あの……、ありがとう」

雪見さんの魔法だなんて思ったら、急に恥ずかしくなってしまった。急いで下駄箱の方を向きながら、話題を探す。

「あの、よく分かったね。俺がまだ残ってるって」

変に早口になってしまい、同時に頬がかっと熱くなった。

なんでだよ……。

こんな反応、変だ。

彼女は俺の過剰な反応には気付かない様子で、「うん」と言いながら俺の下駄箱を指さした。

「そこに靴が残っていたから」

「あ、場所、知ってた？」

自分の間抜けな表情がたやすく想像できる。頬も熱いままだし。

「だって、見たもの。前に、帰るとき」

落ち着いた明るい声で彼女が答えた。あの十一月の夜と同じ、気軽で親しみやすい微笑みを浮かべて。

そういえばそうだった。ここでさよならのあいさつをしたんだっけ。

——そうだ。自転車通学なんだ。

今日は本当にさよならだ。

ここで。

「あの」

と、俺が口を開いた途端、彼女の言葉が耳に入った。

「今日は最後だからと思ってバスで来たの。一緒に駅まで行ってもいい？」

「え？　俺と？」

我ながらパッとしない答えだ。というか、答えにもなっていない。だけど。

いったいどうしたというのだろう？　嬉しいのだ。思わず笑い出したくなるくらい。

彼女には好きな男がいるのに。だから喜んでも無駄なのに。

「うん。……困る、かな？　最後の日だからひとりで帰りたい？」

「い、いや、そんなこと！」

やけに熱心な言い方になってしまい、また恥ずかしくなる。彼女が俺の気持ちに気付いてしまったら——。

いや、〝俺の気持ち〟なんて……。

そんなもの、ない。

ただ……、話したいと思っていただけだ。なのに。

「よかった」

と言った彼女の声を聞きながら、高まる鼓動を抑えられない。笑い出しそうになるのをこらえて、真面目な顔をするのが難しい。

『落ち着け、落ち着け。ただ一緒に駅まで行くだけなんだから。ただ話をするだけなんだから』

時間を稼ぐためにゆっくりと靴を履き替えながら、こっそり深呼吸をした。明るい外に出る前に頬の熱が冷めるようにと祈った。

その間もずっと、雪見さんの魔法という言葉が頭を離れなかった。

しっかり者の理由

明るい日の光を浴びながら彼女と歩く。

のんびりと。

ゆっくりと。

彼女はかすかに微笑んで、空や周囲の景色をながめている。三つ編みにされた長い髪が、彼女の動きに合わせて揺れている。

女の子と歩いて帰るなんて初めてのことだ。前回は電池を買いに行っただけで一緒に帰ったたというのとは少し違うし。

司書室を覗いたり、雪見さんの名前を呼んだり、どうやら俺の高校最後の日は初めてづくしらしい。

俺にはこんなにたくさん〝やったことがないこと〟があったのだ。今さらそんなことに気付く高校生活だったけれど、今は無駄に過ごしたとは思わない。

前回、彼女と歩いたときは外が暗かった。冷たい風が落ち葉を飛ばしていた。あのときは——いや、さっきまで、こんなことが起こるとは思っていなかった。

あれほど話したいと思っていたのに、今はなにも話題が浮かんでこない。彼女が隣を歩いているだけで、十分に願いが叶ったような気がしている。

でも……、話さなくちゃ。

今しかないのだから。

今日で終わりなのだから。

「あの」

俺の声に彼女が反応した。軽く見上げる瞳は、やっぱりなにかを隠しているように見えた。

「名前、杏っていうんだね……」

急に彼女は可笑しそうな顔をした。そして目を伏せてくすくす笑い出した。「やっぱりね」と言って。

それを見て、俺は失敗に気付いた。彼女を忘れていたことを白状してしまったのだ。

慌てて謝ろうとすると、彼女は笑ったまま目をぱっちりと開けて俺を見つめた。

「変な名前、じゃない？」

「――え？」

戸惑う俺に、彼女が続けて言う。

「野村くんが言ったのよ？『杏って、変な名前』って」

「えっ!?」

まったく記憶にない。そんな失礼なことを言っておきながらなにも覚えていないなんて……。

「あの、ごめん。その、ええと、いつ……？」

しどろもどろになった俺を彼女はまたくすくすと笑い、からかうような表情で答えた。

「一緒だったのは一年のときの美術だけど……」

一年のとき!?　おとなしくしていたつもりだったのに、そんなことを？

汗が噴き出してくる。高校生にもなって、他人の名前を馬鹿にするようなことを言ったなんて。しかも、自分の傲慢さに嫌気がさしていたはずなのに。

呆然とする俺を見ながら彼女は「ふふっ」と笑った。

「言われたのはもっと前。小学校五年生のとき」

「小学校……？」

少しほっとした。あの頃なら、それくらいのことをやっていても不思議じゃない。

それにしても、彼女のことをまったく覚えていないのはどうしてなんだろう？

「そう。中浜第二小学校五年三組。わたしは夏休みに転校しちゃったけど」

「転校……」

「そうよ。だから忘れていて当然。たった四か月しか一緒じゃなかったし、卒業アルバムにも載ってないもの」

小学五年生の頃……。

あの頃は楽しかった。なにも考えないでふざけていられた。

「わたしね、美術の授業で野村くんだって気付いたとき、絶対に顔を合わせたくないって思ったの」

「あ……、そんなに傷付いたんだ……。ごめん……」

落ち込む俺に、彼女は笑って言った。

「ああ、違うの。名前を笑われたことじゃなくて」

「じゃあ……?」

「転校した理由がちょっとね……。知られてたら嫌だな、と思って……」

そう言いながら少し遠い目をする彼女。なにか辛いことがあったのだろうか。

「あのときね、父が経営していた会社が倒産しちゃったの」

「え?」

びっくりした。言いにくいであろう話題をサラッと話し出したから。しかも、知られていたら嫌だと言ったそのすぐあとに。

「すごかったの。仕事の相手先のひとが家の前で大きな声を出したりして。とっても怖かった」

家にまで……。

小学生の少女にとって、家の前で大声を出す大人はどれほど怖かっただろう？

だからあの日、彼女は『借金取り』なんて言ったのだろうか？　痴漢や幽霊よりも現実味を帯びた怖いものとして。

「姉と一緒に夜におばあちゃんの家に連れていかれて、夏休み中、そこにいたの。で、『新しい家よ』って連れてこられたのが今の家。古いアパートなの。部屋も二つしかなくて。そのときに、『ああ、うちって貧乏になったんだ』って思ったのを覚えてる」

ちょっと情けなさそうな顔で、諦めたように彼女は言う。それを見ながら、俺がこんな話を聞いてもいいのだろうか、と思う。

けれど、彼女の口調はどこか気楽そうで、話している表情も穏やかだった。

「それまではね、結構大きな家に住んでいたし、うちはお金持ちなんだって、子どもなりに自覚していたの。お友達にも羨ましがられていたし。中学受験をして、『ごきげんよう』なんてあいさつをするお嬢様学校に行くつもりだったのよね」

懐かしい目をして彼女は語り続ける。

「なのに、外でわめかれたりしたから、近所中がうちが貧乏になったことを知ってるって思った。学校でもうわさになったと思った。だから、絶対にあの小学校のひとには会いたくなかったの」

そこまで言うと、彼女は俺を見て微笑んだ。

「だから、野村くんがわたしに気付かなくてほっとしたの」

「そうか……」

彼女の話を聞いて、俺は自分のことを考えていた。この学校に入学したとき、俺も小学校時代の知り合いに会いたくないと思っていた。優秀だと言われる私立中学に合格したのに、その学校から追い出されたことを知られたくなくて……。

彼女はまた遠い目をして話し始めた。

「引っ越したばかりの頃は、貧しいことが恥ずかしかったし辛かった。新しい服は買えないし、お部屋だって、狭い部屋をお姉ちゃんと共同で使うことになって。そういうことを、新しい学校のひとに知られたくないと思った」

急激な変化できっと辛かっただろうと思う。けれど、今の彼女の表情からは、そんな辛さは感じられない。

「でもね、いつの間にか笑ってたの。お姉ちゃんや両親と一緒にご飯を食べてるときとか、学校で誰かが面白いことを言ったときとか」

そう言って、彼女は視線をまっすぐ前に向けながら続けた。

「わたしには、まだこんなに笑えることがあるんだ、って思ったの。お金がなくても楽しいことはたくさんあるんだって気付いたの」

優しくて、素直な彼女の微笑み。その表情には、辛いことを乗り越えた強さが秘められている。

「今でもやっぱり、貧乏で恥ずかしいなって思っちゃうんだけどね。ふふ。でもわたし、今の自分で勝負するの。なくなってしまったもののことを考えても意味がないから」

〝今の自分〟で……。

児玉先生の言った『身に付けた知識は自分を裏切らない』という言葉が浮かんできた。

置かれた環境がどうであれ、〝自分〟を自分自身で意識すること。

自分を見失わないこと。

彼女は自分で見つけたんだ。誰に言われなくても、毎日の生活の中で。

だからこんなにしっかりしているんだ。辛い経験で、早く大人にならなくてはいけなかったのかもしれないけれど。

「でもね」

ぼんやりしていた俺の耳に聞こえた声は楽しげだった。

「今の悩みは大学に通う服なの。制服みたいに毎日同じってわけにはいかないものね。やっぱりお金がないと不便だよね」

明るい笑顔でそう言った彼女がまぶしい。

「お金があってもセンスがないと、もっと悲惨だと思うよ」

口をついて出た言葉に、彼女が「ホントにね！」とはじけるように笑った。明るい春の日に溶け込んでいくような笑い声だった。

初めの一歩

彼女の隣を歩きながら、彼女と自分の不思議な偶然について考えた。誰にも知られたくない過去を背負い、昔の知り合いに会いたくなかった俺たちが、この時期に出会ったということを。

「あのさ……」

彼女にたずねてみたくなった。

「どうして?」

質問の意味を測りかねた彼女が首を傾げる。

「その、どうして今、俺にそんな話を?」

そう。俺が気付かなかったことにほっとしたと彼女は言った。それなのにわざわざ俺に話したのはどうしてなんだろう?

「どうしてかなあ……?」

彼女も不思議そうに首を傾げた。——と思ったら、こっちを向いてにっこり笑った。

「最後だから、かな?」

最後という言葉が彼女の口から出て、ズキンと胸が痛んだ。

「野村くんには知っておいてほしいと思った……のかな？　うん。野村くんなら分かってくれるような気がしたから」

俺、なら……。

彼女の言葉が胸の中で桜の花びらのようにひらひらと舞った。

自分が選ばれたことが嬉しくて。

彼女に信用されたことに感動して。

そして、俺も〝彼女なら〟と感じたことを思い出した。

『魂が近い』って……。

あのとき感じていたこと。俺だけじゃなく、彼女も同じように感じてくれていたのだろうか？

「あの、ええと、ありがとう」

心臓が急に元気いっぱいに動き出す。せっかく落ち着いてきた頬に、また血が上る。

「ふふ。こちらこそ」

彼女はふざけてお辞儀をした。

俺は自分の状態に気付かれないように、急いで次の話題を探した。

「あ、あのマフラー」

俺の記憶に一番残っている彼女は、なんと言っても図書室で編み物をしている姿だ。

けれど、その話題を口にした途端、気分が落ち込んだ。

あのマフラー。

誰かへのクリスマスのプレゼント。

嫌な話題を出してしまったと思っても、もう遅い。彼女は俺の次の言葉を待って、じっと顔を見ている。

「その……、喜んでもらえた？」

言っている間に気持ちはずんずん沈んでいく。

彼女が彼氏にプレゼントを渡したときの話を聞いてしまうなんて。

彼女はふっと前を向き、少し口をとがらせて不満げな顔をした。その様子からすると、相手の反応が不十分だったらしい。勝手だとは思うけど、少し気が晴れた。

「色が若すぎるって言うの」

「はあ？」

思わず間抜けな声が出てしまった。

あのマフラーは綺麗な水色だった。紺の制服にも、普通の服にも、似合わないことはないと思う。

なのに、色が若すぎる？　彼氏って、いったい何歳なんだ？

俺はよっぽど変な顔をしていたに違いない。黙って考え込んでいる俺を見て、彼女は吹き出した。

「やだなあ、野村くん。勘違いしてるでしょう？」

「え？」

笑われたのは顔ではなかったらしい。

「あれはお父さんのだよ。わたし、言わなかったっけ？　家で編んだらばれちゃうからって」

「あ……」

確かにそう言っていた。でも、高校生の女の子が家族にばれたら嫌だと思うのは好きなひとのことだと思ったから……。

じゃあ、彼女に彼氏はいないのだろうか？

落ち込んでいた気持ちが一気に上昇していくのが分かる。さっきから上がったり下がったり、まるで高速のエレベーターに乗っているみたいだ。

こんなはずじゃなかったのに……。

彼女のことを好きなわけじゃないと、何度自分に言い聞かせたことか。

なのにさっきからずっと心臓の音がうるさい。

「あ」

なにかに気付いたような彼女の声にドキッとする。うろたえつつ彼女を見ると、少し睨むように見上げられた。

「野村くん、『父親に手編みのマフラーかよ？』って思ってるでしょ？」

「い、いや、そんなことないよ」

見当違いの指摘にほっとしながら否定する。

それを聞いても少しの間、彼女は疑わしそうな顔をしていたけれど、ふっと表情を緩めて言った。

「うちのお父さん、職場が遠いの」

父親のことを語る彼女は、とても優しい目をしている。

「引っ越してバタバタしているときにやっと見つけた仕事でね、朝早く出て、夜遅く帰ってくるの。だから、感謝の気持ちを伝えたかったの」

そこまで言って、彼女はまた口をとがらせた。

「なのに、気に入らないなんて。……まあ、あんまり上手に編めてなかったんだけどね。ふふ」

肩をすくめて笑った彼女を見ながら思う。お父さんは、本当は喜んでいたに違いない、と。でも、それを言葉にするのが照れくさかったんだろう。

「彼氏にあげるなら、もっといいものにする」

前を向いたまま、彼女はきっぱりと言い切った。いったいどんなものを思い浮かべ

ている のだろう？

「俺はもらえたら嬉しいけど」

考えるよりも先に出た言葉にびっくりした。

俺は浮かれてるのか？

まるで催促しているみたいになってしまって恥ずかしい。でも、彼女は面白そうに俺を見て言っただけ。

「手編みのマフラー？　そうなの？　野村くんて、意外と古風なのね」

「ああ、うん、そうかな……」

気付かれなくてよかったような、気付いてほしかったような……。

こんな複雑な気持ちになったのは初めてだ。

――また〝初めて〟だ。人生には、なんてたくさんのことがあるんだろう……。

「そういえば！」

駅への信号を渡るとき、彼女がぽんと手を叩きながら言った。

「野村くん、進路は決まった？」

少しは俺に興味を持ってくれているのだろうか？　そう思うと嬉しい。

「私立は合格してるけど、国立は結果待ち」

俺が答えると、彼女は「ああ」と頷いた。

「国公立のひとはみんなそうね。発表の前に卒業させられちゃうなんて、ちょっと淋しいよね？」

「うん。まあね」

でも仕方ない。両親の頃もそうだったと聞いた。

「そうか。残念。『おめでとう』って言おうと思ったのに」

彼女の心遣いに胸が温かくなった。と、同時に。

チャンス……なのか？

「あの」

迷う前に声が出た。意外に大きな声が出てしまって、自分でも驚く。次の言葉を言うために口を開いたけれど、心臓は信じられないほどの暴れようで、頭がくらくらしてくる。

『言わなきゃ終わりなんだぞ！』

心の声が叫んでる。そんな俺を、彼女は問いかけるように見上げている。

「あ、その、よよよよ……よかったら、結果、を、連絡、しても、その」

落ち着け、俺!!

連絡先を聞くだけなのに、こんなに緊張するなんて。

「あの、連絡しても……いいかな？」

言えた、と思ったら、急にくらくらとめまいがしてきた。

「結果を？　わたしに？」

どこか楽しげな、からかうような表情で問い返した彼女に、汗だくで頷く。そこではたと気が付いた。

もしかしたら、ちゃんと意味が通じていないのかも。単に結果を連絡して終わりだと思っているのかも――。

また緊張が高まる。めまいが治まらない。

「あ、あの」

「はい」

彼女は妙にかしこまった返事をし、俺は覚悟を決めるために大きく息を吸った。

「あの、また話せたらいいな、と、思って……」

とりあえず、これで俺の希望は通じるよな？

「ああ。そうね。ありがとう」

分かってくれと祈る俺に、彼女が笑顔で答えた。断られなかったことに心の底からほっとした。

連絡先を教えてほしいと言うと、彼女は真新しいスマートフォンを出した。

「お姉ちゃんが買ってくれたの。大学に入ったら必要だからって。お姉ちゃんは来月から社会人になるのよ」

嬉しそうに、誇らしげに話す彼女。きっとお姉さんも、彼女のようにしっかりしたひとなのだろう。

連絡先を交換してから、彼女の乗るバス停でバスが来るまで話した。彼女の乗ったバスを見送りながら腹が鳴って、気付いた。

一緒になにか食べればよかった……。

今さら思っても仕方ない。それに彼女とは、今日が最後ではない。……まあ、断られなかったのが社交辞令じゃないとは言い切れないけれど。

でも、彼女は『野村くんなら』って言ってくれた。高校最後の日に、俺を待っていてくれた。もちろん、彼女が俺に好意を持っていると考えるほど図々しくはない。でも、〝普通よりはプラス側〟って思ってもいいのではないだろうか。

いや、俺だって、彼女のことを好きだって決まったわけじゃない。

そうだ。まだ分からない。

でも、だからこそ……また会いたいと思うのだ。

もっと話したい。

一緒の時間を過ごしたい。

……そうだよな？

うん、そうだ。

コンビニの自動ドアを通りながら、アドレス帳を開いて彼女の名前を確認してみる。

【霧原　杏】

霧原さん。

次は「霧原さん」と呼びかけてみよう。俺が呼んだら、笑顔で応えてくれるだろうか？　さっきの雪見さんみたいに。

――雪見さんの魔法。

ぽっかりと浮かぶ言葉。

『雪見さん。俺にも魔法がかかったかもしれません。結果はどうなるか分からないけれど――』

「お、野村じゃん。珍しいなあ」

顔を上げると同級生がふたり。レジの横にあるケースの前で「ちょっとちょっと」と手招きしている。

不思議に思いながら行ってみると、「唐揚げ派？　肉まん派？」と訊かれた。

「え？」

戸惑う俺に、ふたりが説明する。

「俺はさあ、腹が減ったら肉まんだと思うんだよ。ちゃんと主食とおかずって感じだろ?」

「肉まんじゃあ、〝ちょっとつまむ〟って感じにならないじゃないか。おやつに食べるんだから唐揚げだよなあ?」

「お前、今、十二時になるんだぞ? 昼メシの時間じゃないか。おやつじゃないぞ」

「家に帰ってメシを食うんだから、今はおやつでいいんだよ」

単なる好みの問題では……?

争うふたりに呆れながらも気持ちがほぐれる。くだらない話だけれど、そこに混ぜてもらえたことが妙に嬉しい。

少し真面目な気分で総菜の並ぶケースの中を覗いてみる。

「あ。俺はこれ。メンチカツ」

腹が減っているせいか、衣とソースがおいしそうに見えた。

「なんだよー」

「新しいな」

隣でふたりが笑っている。

三人でそれぞれ目的のものを買い、店の前で一緒に食べた。学校帰りに友人と買い食いをすること。それは俺が想像していたよりもずっと気安く、そして楽しい時間だった。

これからもきっとこんなことがたくさんあるに違いない。

初めてのこと。

楽しいこと。

嬉しいこと。

もちろん、嫌なことや悲しいことも。

失敗したり、間違ったりすることもあると思う。

でも、目をそらさずに、自分をちゃんと見ていようと思う。

経験と、知識と、感情と、行動と……とにかく逃げないで、ちゃんと。

いろんなことを積み重ねて、成長できたらいい。彼女……霧原さんみたいに。

そしていつか、霧原さんに認められたい。

今はまだ頼りにならないけれど。必ず。

明るい日差しの下に友人たちの笑い声が響いた。

その声も俺を励ましているような気がして心強かった。改札口でふたりと別れたあと、四月からの大学生活がとても楽しみになった。

『春の日の魔法』——完

あとがき

はじめまして。虹月一兎です。

この本を手に取ってくださったみなさま、ありがとうございます。

わたしは数年前から小説投稿サイト・小説家になろうに作品を投稿しています。この『はじまりは、図書室』もその中の一つで、本という形になったのはこの作品が初めてです。

出版にあたっての書き直しをしながらも、「本になるって本当なのかな」と、書籍化する実感がなかなかわきませんでした。でも、いろいろなことが決まり、こうしてあとがきを書いているからには間違いないようです。

このような機会に恵まれたのは、今までサイトに読みにきてくださったみなさまのおかげで執筆を続けてこられたからです。本当に本当に感謝しています。

この作品は、高校の図書室で出会ったことからはじまる三つの小さな恋物語を描いています。登場するのはそれぞれに悩みや葛藤を抱える普通の高校生です。

わたしが書く作品には特別なキャラクターは出てきません。みんな、どこにでもいるような男の子や女の子ばかりです。そんな彼らが遭遇する事件や悩みも命にかかわるような大きなものではありません。でも、どんな悩みでも、本人にとっては重く、苦しいことに変わりはないのですよね。

彼らが頑張る姿に、読んでくださった方が前向きな気持ちになったり、ほっとできたりしたらいいなあ、と思っています。ちょっぴりのドキドキと一緒に。

そして、何度でも読み返したいと思っていただけたらとても嬉しいです。

最後に、書籍化にあたり、的確なご指摘やアドバイスをくださった編集・校閲のみなさま、わたしが抱いていたイメージそのものの表紙イラストを描いてくださったとろっちさま、そのほか関わってくださったすべての方に、心からお礼申し上げます。

ありがとうございました。

二〇一八年五月　虹月一兎

【参考文献】

『おばあちゃんが、ぼけた。』村瀬孝生（イースト・プレス）
『アンナプルナ登頂』モーリス・エルゾーグ／近藤等・訳（岩波書店）
『ハックルベリイ・フィンの冒険』マーク・トウェイン／村岡花子・訳（新潮社）

この物語はフィクションです。実在の人物、団体等とはいっさい関係ありません。

虹月一兎先生へのファンレターのあて先
〒104-0031　東京都中央区京橋1-3-1　八重洲口大栄ビル7F
スターツ出版(株) 書籍編集部 気付
虹月一兎先生

はじまりは、図書室

2018年5月28日　初版第1刷発行

著　者　虹月一兎　©Kazuto Kouzuki 2018

発行人　松島滋
デザイン　カバー　徳重 甫+ベイブリッジ・スタジオ
　　　　　フォーマット　西村弘美
ＤＴＰ　久保田祐子
編　集　森上舞子
　　　　藤田奈津紀（エックスワン）
発行所　スターツ出版株式会社
　　　　〒104-0031
　　　　東京都中央区京橋1-3-1　八重洲口大栄ビル7F
　　　　TEL　販売部　03-6202-0386（ご注文等に関するお問い合わせ）
　　　　URL　http://starts-pub.jp/
印刷所　大日本印刷株式会社

Printed in Japan

乱丁・落丁などの不良品はお取り替えいたします。上記販売部までお問い合わせください。

本書を無断で複写することは、著作権法により禁じられています。

定価はカバーに記載されています。

ISBN　978-4-8137-0466-9　C0193

この1冊が、わたしを変える。

スターツ出版文庫　好評発売中!!

ずっと、君が好きでした——。
切なく甘く密やかな放課後の恋。

君への想いを素直に伝えられたら、どんなに救われるだろう——。真面目でおとなしい果歩は、高2になると、無表情で掴みどころのない早瀬と図書委員になる。実はふたりは同じ中学で"付き合って"いた関係。しかし、それは噂だけで、本当は言葉すら交わしたことのない間柄だったが、果歩は密かに早瀬に想いを寄せていて…。ふたりきりの放課後の図書室、そこは静けさの中、切ない恋心が溢れだす場所。恋することの喜びと苦しさに、感涙必至の物語。

ISBN978-4-8137-0232-0

イラスト／長乃